こんな部活
あります

サンショウウオの歌が聞こえてくるよ

生物部

森川成美 作　森川泉 絵

新日本出版社

サンショウウオの歌が
聞こえてくるよ——生物部／目次

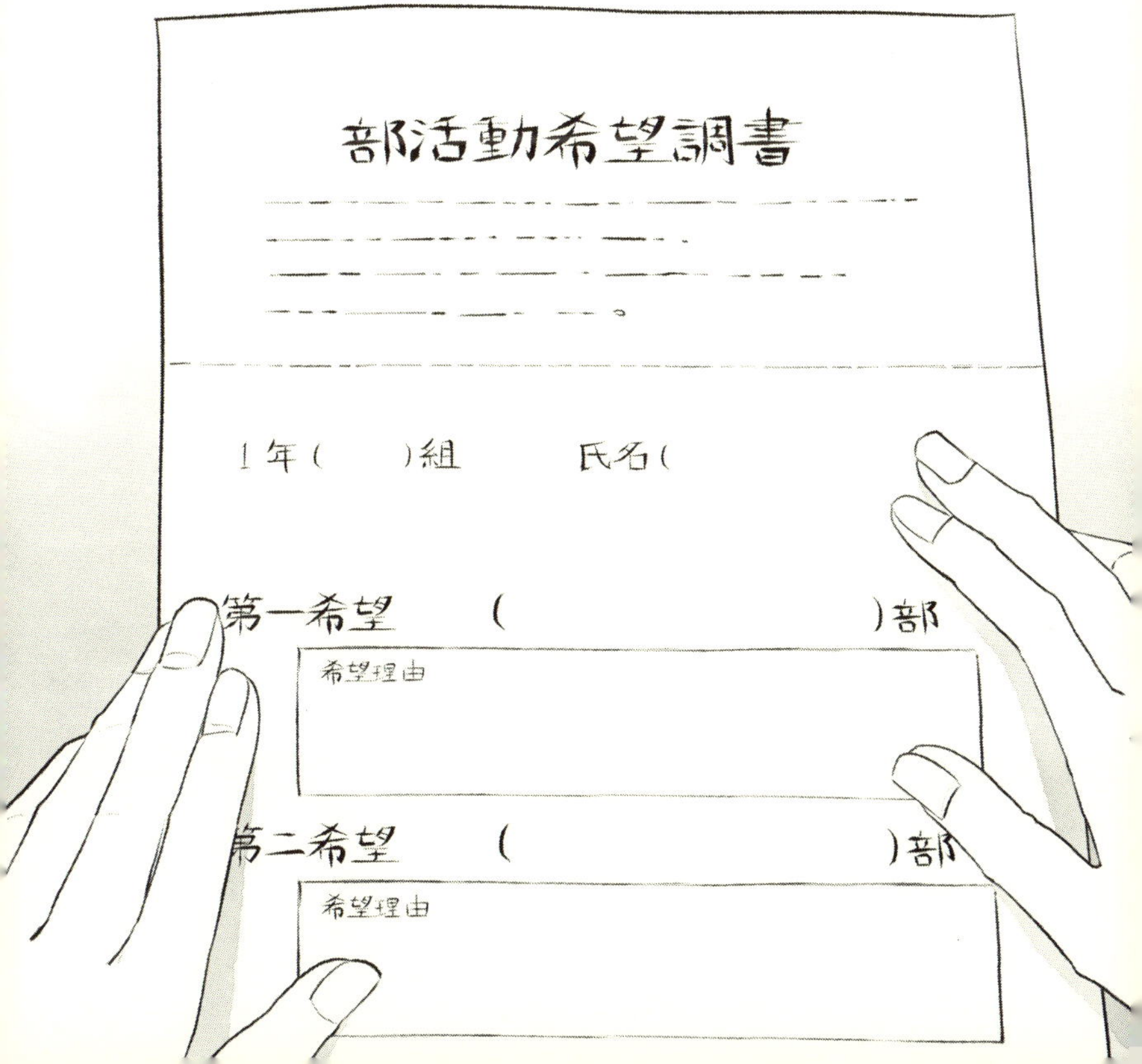

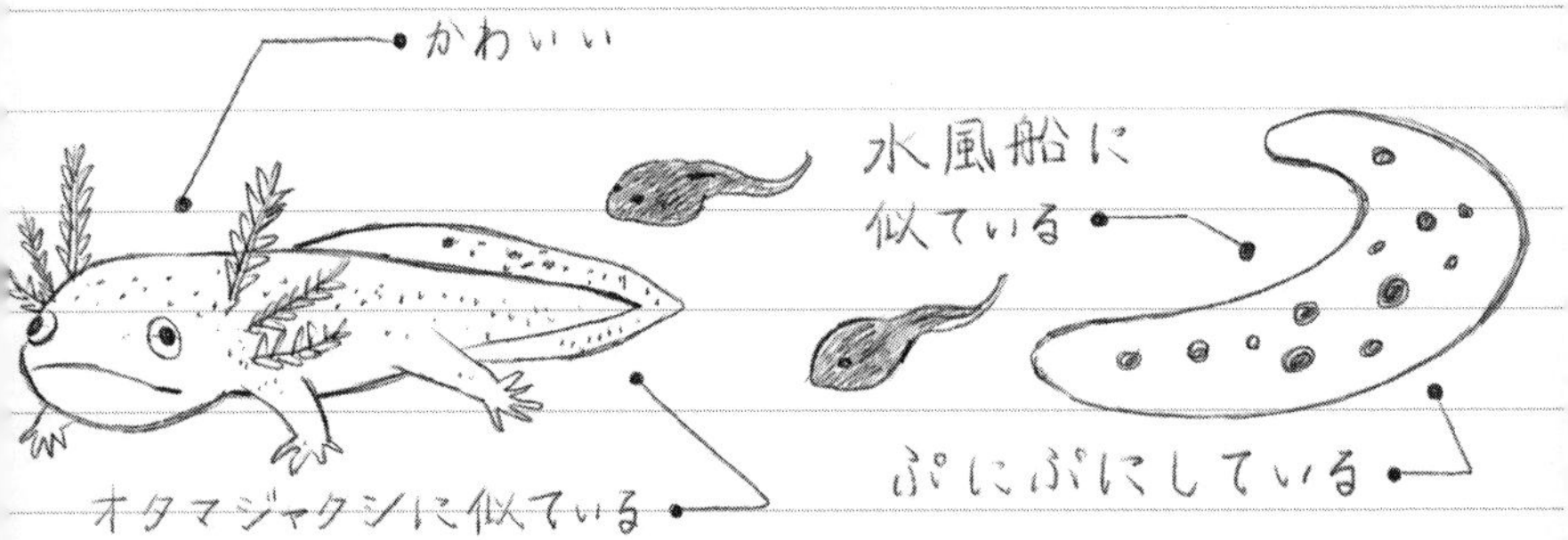
かわいい
水風船に
似ている
オタマジャクシに似ている
ぷにぷにしている

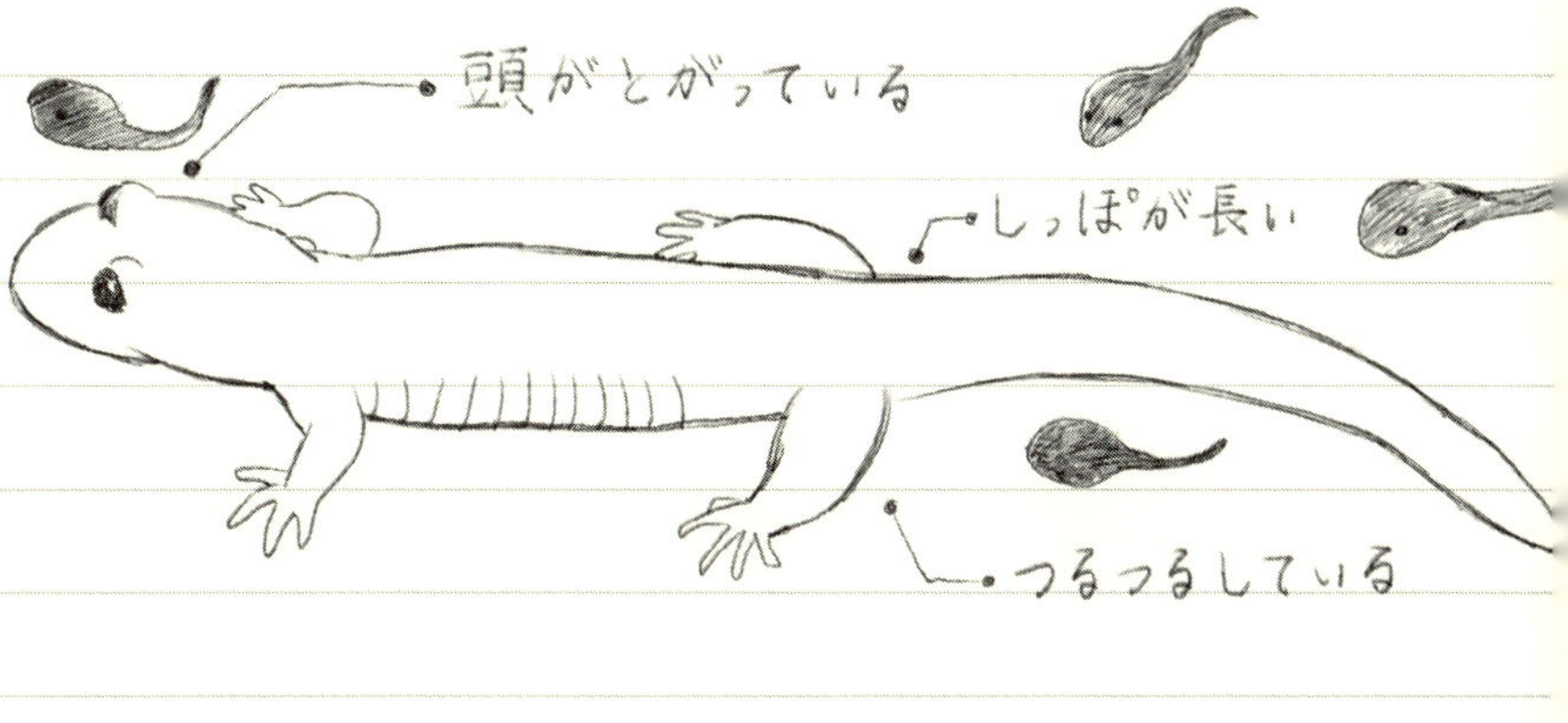
頭がとがっている
しっぽが長い
つるつるしている

一　三日月型《みかづきがた》の卵《たまご》

「来週、部活の申しこみをしてもらいますからね」

担任《たんにん》の中山先生が、プリントを配りながら言った。ベテランそうなおばちゃん先生だ。

「うちの学校では、全員どこかの部に、入ってもらう決まりになっています。やめたり、替《か》わったりすることはできないので、よく考えてください」

プリントには、希望を書く欄《らん》がある。

でもどんな部があるのかまでは、書いてない。

「入りたい部があって、ここ、神坂《かみさか》学園中学校を受けた人もいるでしょう。だけど、希望者が多かったら抽選《ちゅうせん》ということもあるから、そのへんは、よく考えて記入してね」

ざわめきがあった。

「まあ、それでも、絶対《ぜったい》ここでなきゃ困《こま》るという人は、希望理由の欄に書いておいてくれたら、考慮《こうりよ》することもあるから」

「どんな理由なら、いいんですか？」

だれかが聞いたので、先生が苦笑いをした。

「みんなが書いちゃったら、意味がないじゃない？　でもまあ、例えば、小学校のときクラブチームに入ってたとか、ずっとダンスを習ってたとかなら」

ほう、というような声が今度は上がる。

「でも、体験期間が一週間あるから、いろいろまわってみるといいですよ」

でも、結局、どんな部活があるのか、わからずじまいだ。

ふうっとため息をつく。

知っているのが当たり前みたいな雰囲気《ふんいき》だ。

学校見学を兼《か》ねて公開されていた去年の秋の文化祭に、みんなは来たんだろう。

秋のころの私《わたし》は、この学校を受ける気が、さっぱりなかった。そのころは、姉の通っているリーラ女子に合格圏内《ごうかくけんない》だったのだ。

だけど、冬になって、ぐっと成績《せいせき》が落ちた。

――みんなが必死で勉強しはじめたからじゃないかな？

と塾《じゅく》の先生が、なぐさめぎみに言ってくれたけれど、何の役にも立たなかった。

思えば、小さいころから、二歳《にさい》年上の姉を、ずっと追いかけてきたような気がする。

姉の持っているものと同じものが欲《ほ》しかったし、姉ができることはなんでもやってみたかった。

それでも姉のできたことは、今までたいていできていたのだから、今回も通るものだという気持ちがあったのかもしれない。たぶん、どこかで油断《ゆだん》していたのだろう。あわてて前より勉強しはじめた時はもう遅《おそ》くて、挽回《ばんかい》することはできなかったのだ。リーラ女子には落ちた。

それでそれまで名前を知りもしなかった神坂《かみさか》学園に、出願したのだった。

「ねえ、部活、どうする？」

先生が出ていったあと、隣《となり》の子にそっと聞いてみる。

一年生が校内で付けることになっている名札には、苗字《みようじ》だけが書いてある。でもこの子は、ミッちゃんって呼《よ》んでね、と自分から言ってきて、最初から気さくな人だった。この近くの小学校の出身だから、いろいろ学校の事情《じじよう》を知っていて、教えてくれるのでありがたい。

「うーん、考え中。あんまり人気があるところだと、抽選《ちゆうせん》の倍率《ばいりつ》高いから。里山さんは？」

「あ、私《わたし》もまだ。どんな部活が、倍率高いのかな？」

「人気があるのはね、ダンス部とテニス部だって。文化系では、軽音楽部。バンド作って、演奏《えんそう》したり、作曲したりするらしい」

「そうなんだ……」

ダンスもテニスもやったことがない。ギターも弾《ひ》けないし、作曲なんて、絶対《ぜったい》ムリ。

「ここの高校のダンス部って、すごいんだよ。全国大会に出るぐらい。絶対入ろうと思って入試がんばった、って子もいるんだよ。でも高校と部活は分かれてるんだけどね」

同じ学園の高校の敷地《しきち》は、隣《となり》にある。中学から入試なしで入れることになっている。ついでに言えば、別の場所には大学もあって、希望すればそのまま行ける。

「あたしはね、文化祭で演奏聴《き》いて、軽音楽部もいいなって思ってたんだけど。里山さんは？」

文化祭も来てないし、パンフレットさえ見てないなんて、この文脈《ぶんみゃく》ではちょっと言えない。

「美術部《びじゅつぶ》はどうかなって、思ってたんだよね」

口から出まかせだが言ってみる。絵は好きだ。ノートにちょっとしたイラストを落書きする程度《ていど》だけど。

「そっか、それは、残念だね」

え？　どうして？

「美術部《びじゅつぶ》のない学校なんて、あんまりないのにね」

そうか。ってことは、ここにはないのか、美術部。

「ふうん、美術部ないんだ。うちはあるけどな。てか、普通《ふつう》そのぐらい、あるんじゃない？」

帰って夕食を食べながら話すと、姉の反応《はんのう》にズキンとする。普通じゃないってこと？

下を向いて、スパゲティをフォークで、くるくると丸めた。今日はスパゲティ・ミートソースとポテトサラダだ。

「ま、うちの美術部も、たいしたことしてないみたいだよ。毎日、みんなで美術室に集まって、しゃべってるだけらしい」

たしかに、しゃべってるだけなら、あってもなくても同じだ。

でも、ふと、ぶどうに手が届《とど》いたって、どうせすっぱいんだから、って言ったイソップのお話に出てくるキツネを思い出した。

「帰宅部《きたくぶ》にすればいいじゃない。私《わたし》みたいに」

どの部にも入らない子は放課後まっすぐ帰るから、それを「帰宅部」というらしい。

「だめなんだって……。どこかには入らなきゃならないって」

「ええっ、部活強制《きょうせい》なの、あかねの学校。ひっどーい」

姉がばかにしたような声を上げる。

「それは、困《こま》るよね。勉強に専念《せんねん》したい子だっているだろうにね」

母までそんなことを言う。

「でも、大学受験がないから、勉強しないでいいから、部活ぐらいはしなさい、ってことじゃないの？　いいなあ、うらやましい。うちの学校は勉強、ほんと大変なんだよ。みんな習ってないことまでよく知ってて、いつの間にかできてるんだから」

姉が、話を大きくねじ曲げた。

リーラ女子は、高校までしかない。進学校だから勉強についていくのが大変だとかで、塾《じゅく》に通いたいと、姉は前から言っていた。

「やっと来週から塾に行けるよ。ずっと待ってたんだからね、あかねが中学入るのを。おかあさんが、二人分も塾代出すのは大変って言うから」

姉は母を横目でにらみながら、いやみを言う。

ズキン、が、もうちょっとで、カチン、になりそうだ。

ふん。そんなにうらやましいんだったら、自分だって神坂《かみさか》学園を受けたらよかったじゃない。どうせ、そんなとこ、行くもんかって思ってたんでしょ。入れるんだったら、こっちだってリーラ女子に行きたかったよ。

「ねえ、里山さん。部活のやつもう書いた？」

一週間したころ、ミッちゃんが聞いてきた。

「まだなんだ。どうやって決めたらいいのか、わかんないし……」

「だよね。あたしも、軽音楽部、もし抽選《ちゅうせん》で落ちたらいやだし。どうしようかって悩《なや》んでる」

たしかに。抽選だって何だって、落ちるのはもう二度とごめんだ。

「ねえ、考えちゃうよね。うちの親は、得意《とくい》なこととか、将来《しょうらい》なりたいもので考えれば、って言うけど」

そうか、得意なこととか、将来なりたいものとか、か。

小学校卒業のときの文集には、「将来、私《わたし》はこうなっています」という欄《らん》があった。

今思い出してみれば「イラストレーターやっています。しめきりが大変だけどがんばっています」とかって書いたっけ。他に思いつかなかったし、落書きが好きだからだった。美術部《びじゅつぶ》に入りたいと、この前ふと口にしたのは、あながち出まかせでもなかったのかも。

でもここに美術部はないわけだ。

他に得意《とくい》なことは……理科……かな。

落ちたリーラの入試の後、塾《じゅく》に戻《もど》って自己採点《じこさいてん》をしたら、理科はすごくいい点だった。きっと、トップから二パーセント以内だよ、と塾の先生が言った。

でも、算数で大失敗したのだ。わからない問題があったので、それをやっているうちに、時間がなくなってしまった。空欄《くうらん》が残ってしまって、たくさんバツがついた。自分で採点しながら、情《なさ》けなくなって、涙《なみだ》が出たぐらいだ。

放課後、私《わたし》は一人で、専門《せんもん》教室のある西棟《にしとう》の廊下《ろうか》をうろうろしていた。

もう明日は、部活の申込書《もうしこみしょ》の提出《ていしゅつ》期限《きげん》だ。

どこか見に行かなきゃ、とは思っていたけれど、いっしょにまわってくれるような友だちもまだいないから、つい来そびれていたのだ。

音楽室からは、合唱の歌声が聞こえてくる。

そうか、人気なのは軽音楽部っていうけど、その他にも合唱部があるのか。

開いたドアの中をちらっとのぞきながら、音楽室を通りすぎる。上級生らしき男子の指揮《しき》で、男子と女子が十人ずつぐらい並《なら》んで歌っていた。

ピアノを弾《ひ》いているのは、男子だ。あの子、見たことある。うちのクラスだったような。ってことは一年生だ。体験の段階《だんかい》なのに、もう伴奏《ばんそう》してるなんて、なんかびっくりだ。

でも、多すぎず少なすぎず、いい感じの人数だ。こっちなら、軽音楽部と違《ちが》って入りやすいかもしれない。

いいかも。体験させてもらおうか。曲が終わってから、中に入ることにしよう。

そう考えながら、隣《となり》の部屋をちらりとのぞいた。

第二理科室だ。理科のうち、生物関係の授業《じゅぎょう》は、いつもここでやっている。

流しのついた広いテーブルが、島のようにいくつも並《なら》んでいる。

新入生らしき女子が二人、真ん中のテーブルの上にある丸い水槽《すいそう》をのぞきこんでいた。

「あ、見学?」

ちょうど理科準備室《じゅんびしつ》から出てきた男の先生が、廊下《ろうか》の私《わたし》を見て声をかけてきた。

女子二人もさっと振《ふ》り向《む》く。

理科の先生だ。背《せ》が高くて、肩幅《かたはば》が広くて、顔がごつい。名前はなんだったっけ。

「入って」

当たり前のように、手まねきされた。

いや、見に来たんじゃないんです、とは言いそびれ、水槽の置いてあるテーブルに近寄《ちかよ》った。

水の中をのぞきこむと、手を広げたぐらいの長さの三日月型《みかづきがた》のものが、四つ沈《しず》んでいる。

　みつまめに入った寒天のような色をしている。でも、表面は凹凸《おうとつ》があって、ざらざらしたグミみたいだ。

「さわってごらん。これは卵《たまご》だ」

　先生が言う。水はきれいだし、気持ち悪くはないが、最初に手を出すのはためらわれる。

　さっと手を出したのは、先に来ていた二人のうち、おかっぱの子だ。ちょっと太目で、目がくりくりしていて、親しみのもてる表情《ひょうじょう》だ。名札には、「石川」と書いてあった。

　ふっくらとした手が、三日月型《みかづきがた》のものにさわる。

「きゃあ、ぷにぷにしてるよ」

「ほんと？」

　髪《かみ》の長い背《せ》の高い子が、替《か》わって手を出す。この子の名札には「弓削《ゆげ》」と書いてある。歴史《れきし》に弓削道鏡《ゆげのどうきょう》という人がいたから、「ゆげ」と読むのかな。

「ほんとだ。スライムよりちょっと硬《かた》くて、水風船に似《に》てる」

　弓削さんは、冷静に観察して、言葉にしている。

　私《わたし》もさわってみた。

冷たい水の中に、とん、と居座《いすわ》っている。人差し指で、表面をこわごわなでてみると、でこぼこがあるのがわかった。水風船より厚《あつ》い感じで、やわらかいホースのようだ。意外に丈夫《じょうぶ》そうに思えた。持ち上げてみると、見かけよりずっと重い。

「これを、まず、ばらばらにする」

先生が、手にしていた銀色のハサミを、私《わたし》たちの前に掲《かか》げた。さっき、準備室《じゅんびしつ》から出てきたのは、これを取りに行っていたのだろう。

「このハサミは解剖《かいぼう》バサミというんだ。いろいろな種類があるが、これは一番一般的《いっぱんてき》な形で、片方《かたほう》の先が丸く、もう一方がとがっている。傷《きず》をつけないように、丸いほうを下にして使う」

それは知っている。入試に出るから、しっかり覚えている。

弓削《ゆげ》さんも、うんうんと大きくうなずいていた。

先生は、皮膚《ひふ》を持ち上げるときのように、三日月の表面をつまむと、ちょんと切った。

小さな穴《あな》があく。

そこに、丸いほうを下にして解剖バサミをつっこみ、ホースを切りさいた。

ばらっと、何かが水の中にあふれ出る。

小さなビー玉のようなもの。

きらきらと光っている。

真ん中に黒い目玉がついている。

「卵《たまご》だ！　カエルの！」

石川さんが叫《さけ》んだ。

そうかも。カエルの卵は、図鑑《ずかん》かなんかで、見たことがある。でもそれは、こんなふうに、莢《さや》に入っているのではなくて、最初からばらばらで、水の中に沈《しず》んでいたっけ。ひもみたいにつながった形のもあったような気がする。

「これはサンショウウオの卵だ。ぼくが、おととい山の中で採《と》ってきたものだ」

先生の口調は、ちょっと自慢《じまん》げだ。おとといは日曜だ。休日なので、山の中まで分け入って採ってきた、という意味だろう。

「サンショウウオって、天然記念物ですよね。こんなに大きいやつ」

石川さんが、両手を肩幅《かたはば》ぐらいに広げながら、叫ぶ。

「それは、オオサンショウウオだ。オオサンショウウオは、両生類でも世界最大で、一メートル以上になるものもある。だが、これは小さい種類のサンショウウオで、トウキョウサンショウウオという。大きくなっても、せいぜい十数センチというところだ」

石川さんが、なーんだ、というような声を出してから、まずいか、というような顔をして、片手《かたて》であわてて口をふさいだ。でも先生は、かまわず話しつづける。

「日本には、小型《こがた》のサンショウウオが三十種類以上いる。棲《す》んでいる土地の名前がつけられていることが多い。サンショウウオは、カエルと同じく両生類に属《ぞく》する。両生類は、脊椎《せきつい》動物の一種だ。脊椎動物とは、脊椎、簡単《かんたん》に言えば、背骨《せぼね》のある動物だ」

それも入試で勉強したっけ。私《わたし》の得意《とくい》だった所だ。

「両生類の多くは、最初は水中で暮《く》らし、そののち、陸で暮らすようになる。だから、卵《たまご》から生まれてしばらくは、エラがついていて、水の中で呼吸《こきゅう》ができる。だが、だんだんと手足が出て、上陸するころになると、エラは消えて、代わりに肺《はい》ができて、空気中で呼吸ができるようになる」

一つの歌が、急に頭の中をかけめぐった。オタマジャクシはカエルの子。やがて手が出る足が出る。っていうやつだ。本当は、足のほうが先に出るそうだけど。

「カエルは、最初卵の形は、細胞《さいぼう》が一つで、同じだ。これが二つ、四つ、とだんだん分裂《ぶんれつ》して増《ふ》え、幼生《ようせい》、つまり子どもであるオタマジャクシとなって生まれる」

先生は、黒板に寄《よ》っていって、図を書いた。まるで、傘《かさ》が何重にもなったような図だ。

一つの細胞が、二つに分かれ、それぞれがまた二つに分かれる。そうすると、全部の細胞の数は、一、二、四、八、十六、三十二、とだんだん増える。

「サンショウウオも同じだ。最初はエラがある。だが、カエルの幼生《ようせい》と違《ちが》って、サンショウウオの幼生は、外エラで、エラが体の外に出ている」

体の外にエラ？

エラというのは、水の中の酸素《さんそ》を体の中にとりこむためのフィルターみたいなものだ。

魚だったら、頭の近く、硬《かた》い鎧《よろい》のような部分の下に隠《かく》れている。

それが外にあるって、どういうことだろう。

先生は、スマホを出して、私《わたし》たちに写真を見せた。

「これが、サンショウウオの幼生だ」

水槽《すいそう》の底に沈《しず》む、半透明《はんとうめい》の小さな生き物が写っていた。

「きゃっ、かわいい！」

石川さんが声を上げる。

たしかに。

横に広がった大きな口。小さな目。

ちょっと間がぬけたような顔つきだ。

尻尾《しっぽ》は平たくて、オタマジャクシに似《に》ているが、首のところあたりに、天使の羽のようなものが、何本もふわふわとついている。

これが外エラか。

かわいい。

「これが成体、つまり大人になった写真だ。もうエラはなく、上陸して肺呼吸《はいこきゅう》をしている」

次に見せられたのは、山奥《やまおく》の沢《さわ》で撮《と》ったような写真だった。

水に半分漬《つ》かった石の上に、てろっと光る茶色い小さいものが見える。

細くて尻尾《しっぽ》が長く、頭がラグビーボールのようにとがっている。そしてワニのように足が四本ついている。

こっちはあまりかわいくない。

「カナヘビかヤモリみたい」

私《わたし》がつぶやくと、先生は、即座《そくざ》に首を振《ふ》った。

「カナヘビとヤモリは爬虫類《はちゅうるい》だ。こっちはさっきも言ったが両生類。両生類と爬虫類の違《ちが》いは、まず皮膚《ひふ》にある。爬虫類の皮膚は、例えばヘビのように、うろこがあるけれど、両生類の皮膚はつるつるしていて、常《つね》にしめっている」

そうなんだ。カナヘビは小学生のときによく公園で見たけれど、うろこがあるなんて、気がつかなかった。

写真をあらためて見る。たしかにサンショウウオの表面は水気で光っている。

「内エラのカエルと、外エラのサンショウウオは、変態《へんたい》、つまり幼生《ようせい》から成体になるときのようすが違《ちが》う。生物部では、それをこれから確《たし》かめることになる。何か質問《しつもん》は？」

「あの、ここの活動は、何曜日なんですか？」

弓削《ゆげ》さんが聞く。

「毎日だ。生き物が相手だから。ただ学校が休みの日は、ぼくがやるから、来なくてもいい」

先生はあっさり言った。

「今日はここまで」

帰りは、いっしょにバス停《てい》まで歩き、バスに乗った。一番後ろの席に、三人並《なら》んで座《すわ》った。直行バスだから、駅まで停《と》まらない。

「サンショウウオの幼生、かわいかったね」

石川さんがちょっと興奮《こうふん》気味に、話しだす。

「口が大きくて、顔がぽかんとしてて、羽がついてて。ほんと一目ぼれしちゃった。ああいうのが、これからたくさん卵《たまご》から出てくるかと思うと、そわそわしちゃうね」

そうだね、とあいづちを打ったものの、幼生はいいけど、成体はかわいくないな、とは言いそびれる。

「あたし、小学校の間、ずーっと飼育係《しいくがかり》だったんだ」

石川さんは、興奮《こうふん》した口調で、話しつづける。

「一、二年生のときは金魚が教室にいて。三年生からは、モルモットがいたの。かわいくて。うち、マンションの規約《きやく》でペット飼《か》えないから、ほんとお世話できて、うれしくて」

飼育係か。そういえば一度もやったことはなかった。毎日餌《えさ》やったり、水や敷物《しきもの》を替《か》えたりするのは、めんどくさそうだと思ってた。やってた石川さんはすごい。

「そっか、偉《えら》いな。飼育係は、責任《せきにん》ある仕事だもんね」

「うん。うっかり忘《わす》れて、病気になったら大変でしょ。金魚って病気になりやすいんだ。よくあるのが、白い点がついたり、うろこの下に空気が入ったり、うろこが落ちたり」

「へえ」

「だから水替えって、大事なんだよ。いっぺん、金魚が卵《たまご》産んだことがあって」

「卵?」

「うん。藻《も》にぷちぷちってついてたんだ。透明《とうめい》な泡《あわ》みたいなのが。それで、みんなで何だろうって。で、先生が、これは金魚の卵だから、このまま置いておくと、他の金魚が食べちゃうから、外に移《うつ》したほうがいいっていって、別の水槽《すいそう》に入れたの。そうしたら、しばらくして、小さい金魚がいっぱい出てきて、すごくうれしかった」

金魚の卵《たまご》か。泡《あわ》ぐらいっていうのだから、さっきの卵よりずいぶん小さいんだろう。

石川さんは熱心に話を続けている。

「あたしね、カエル飼《か》ってみたかったんだ。小学校には、校庭の隅《すみ》にビオトープもあって、一匹《いっぴき》、ガマガエルが住んでたんだよ」

「ガマガエル？　あれ、怖《こわ》いよね」

「ううん、かわいかったよ。そりゃ、見かけはひどいけどね。みんな、見かけだけで、こわーいとか、きもちわるーいとかいうけど、いっしょうけんめい生きてるんだしさ、生き物ってそれだけで、けなげで、かわいいよね」

ガマガエルもかわいいなんて、石川さんって、よっぽど生き物が好きなんだな。

「でもね、生物部に入りたいって、クラスの子に言ったら、みんな『え？　まじ？』とかって言うんだよ。みんな生き物きらいなのかな」

石川さんは、腹立《はらだ》たしげに言う。

「あ、それ、私《わたし》も言われたよ」

今までずっと黙《だま》っていた弓削《ゆげ》さんが、口を開いた。

そうなんだ。なぜだろう？　ちょっと不安になる。

「人気ないのかな……」

「毎日だからじゃない？　他の部活は、週に一日だけとか、三日とか決まってるみたいだから」

弓削《ゆげ》さんが言う。冷静に活動日を聞いてくれたのは弓削さんだったっけ。

「どうする？　入る？」

私《わたし》は聞いてみた。せっかく顔見知りになったし、この二人といっしょなら、入ってもいいような気もしてきた。弓削さんは、首をかしげた。

「どうしようかな。あそこ、先輩《せんぱい》って、いるのかな？　今日は先生だけだったけど」

「先週、何回か第二理科室に行ったけど、だれもいなかったよ。今日はたまたま先生がいたけど」

石川さんは何度も行ってたんだ。最初からかなり入る気だったってことだ。

「私は、ちょっと風邪《かぜ》ひいて、昨日まで休みだったから、今日が見学、初めて」

弓削さんは言う。

「先輩は何人いるんですかって、さっき先生に聞けばよかったね」

私が言うと、弓削さんもうなずいた。

「たしかに。でも、もう書類が明日提出《ていしゅつ》じゃ、しょうがないよね」

「どうする？　二人とも、生物部って書く？」

「うーん、一晩《ひとばん》、考えてみる」

弓削《ゆげ》さんが答えたとき、バスは駅に着いた。

二　チャレンジャーって？

「えっと、みんなに先週出してもらった部活の希望ですが、抽選《ちゅうせん》の結果が出ましたので、後ろに張《は》っておきます」

担任《たんにん》の中山先生は、紙をぴらぴらさせた。

「今日、帰る前に、活動場所の欄《らん》に書いてあるところに行って、必ず、入部の手続きをしてくださいね」

先生はまだ注意事項《じこう》をしゃべっていたが、だれも聞いていなかった。

入れたかな、入れないかな、というささやきで、教室が満ちた。

先生がその紙を後ろの掲示板《けいじばん》に張ってから出ていくと、すぐに人だかりができた。

「やったー！」

「ええっ、落ちたー！」

悲喜《ひき》こもごもの声が響《ひび》く。

しばらく待って、文字が見えるところまで、やっとたどり着いた。

――里山あかね　生物部　第二理科教室
と書いてある。

そりゃそうだよね、一晩《ひとばん》考えて、第一希望にしたんだもの。そうなるよね。

ほっとしたような、がっかりしたような妙《みょう》な気持ちだ。

他には、だれがいるんだろうと、表を目でたどってみたが、生物部はいなかった。

「あたし、軽音楽部入れたよ！」

にこにこ顔でミッちゃんが話しかけてくる。

「よかったね！」

手を取って喜《よろこ》んであげる。

「里山さん、何部になった？」

「生物部……」

答えると、そのとたん、えっ、と驚《おどろ》いた顔をされた。

「ほんと？　すごい。チャレンジャー！」

チャレンジャー？　思いがけない言葉だ。

「どうして？」

「去年の文化祭、見てないの？」

見てない。

「あ……いや、里山さん、理科好きだもんね。自己紹介《じこしょうかい》の紙にそう書いてあったもんね。よかったね」

ミッちゃんは、ニコッと笑って私《わたし》の肩《かた》をぽんとたたくと、逃《に》げるようにいなくなった。

どういうこと？

チャレンジャーって？


なんだか心配になって、放課後急いで、第二理科室に行く。

まさか、だれもいないなんてこと、ないだろうな……。

中に制服《せいふく》の影《かげ》が二人分見えてきて、私ひとりじゃなかったと、ちょっとほっとする。

入って近づくと、振《ふ》り向《む》いたのは、石川さんだった。

「わあ、里山さんも？」

「こんにちは」

もう一人も振り向く。こっちは、弓削《ゆげ》さんだ。

「三人いっしょだったね。うれしいな！」

思わず手を取りあって、はねる。昔のことわざで、何と言ったっけ。地獄《じごく》で仏《ほとけ》？

なんか違《ちが》うか。

「私《わたし》たちの他は？」

「さあ、うちのクラスではいなかったよ」

と、石川さん。うちも、と弓削《ゆげ》さんが言う。

「チャレンジャーだって言われちゃった。去年の文化祭って、何かあったの？」

私が言うと、さあ、と二人が首をかしげる。

「あたし、文化祭、来られなかったんだよね。ちょうど、おばあちゃんの法事で」

石川さんが言う。

「私は、そのころ、まだここ志望《しぼう》するって決めてなかったから」

弓削さんが言う。私と同じか。

つまりこの三人とも、文化祭には来ていないということか。

「文化祭で、何するのかな？」

「先輩《せんぱい》に聞いてみようか……」

でもだれも来ない。

しばらく座《すわ》っていると、理科準《じゅん》備《び》室《しつ》のドアが開いて、やっと先生が入ってきた。

あれから、何回か理科の授業《じゅぎょう》はあったので、名前は覚えた。

虎崎《とらさき》先生というのだ。

みんなのうわさでは、先生をやりながら大学院に通って、論文《ろんぶん》かなんかを書いているらしい。先生なのに、まだ勉強する人がいるんだ、とそれを聞いて、びっくりした。

「こっちに来て」

先生は、窓下《まどした》の棚《たな》に寄《よ》って、手まねきをした。

丸い水槽《すいそう》が一つ増《ふ》えている。

「カエルの卵《たまご》だ。この種類はトノサマガエルと呼《よ》ばれることもあるが、正確《せいかく》にはトウキョウダルマガエルという。先週採《と》ってきたばかりだ」

卵は、水の中に、だあっとシートのように広がっている。

先生は隣《となり》の水槽の前に移動《いどう》した。前にサンショウウオの卵をばらばらにした水槽だ。

「今、両生類は、年々、数が減《へ》っていて、どちらもレッドデータブックにのっている」

石川さんが目を輝《かがや》かせた。

「レッドデータブック！　絶滅危惧種《ぜつめつきぐしゅ》がのってる本だ！　見たことある！」

さすが、元飼育係《しいくがかり》だけあって、生き物、環境《かんきょう》関係に詳《くわ》しい。

「もっとも、これを採ってきた場所は、準《じゅん》絶滅危惧種の地域《ちいき》だから、販売《はんばい》するのでなければ、つまり、採取《さいしゅ》したり飼《か》ったりするぶんには、問題はない」

カエルはどこにでもいそうな気がしていたのにな。採ってきて育てるのにも、決まりがあるなんて、ちょっとびっくりだ。

「さて、これからの生物部の活動だが……」

先生は、二つの水槽《すいそう》を、交互《こうご》に指さした。

「カエルとサンショウウオは、同じ両生類だ。卵《たまご》も同じように見えるが、実は違《ちが》う道《みち》筋《すじ》をたどって成長している。カエルの子であるオタマジャクシは、体の中にエラがで
きるが、サンショウウオは、体の外にエラができる。実際《じっさい》どういうようすかを、実験
で見ようと思う」

「実験？　何するんですか？」

石川さんが、大きな声を上げる。

「毎日、一個《いっこ》ずつの卵をシャーレに移《うつ》し、外の膜《まく》を外す。こんなふうに」

先生は、ピペットを取りあげて、卵を一個吸《す》いつけると、シャーレに落とした。

それから、小さい刀みたいな形のメスで、卵の外側をちょっと切った。

すると、フライパンで目玉焼きを作るときのように、ぱっと卵がシャーレの中に広
がった。

「卵の中心にあるこの黒い部分は、『胚《はい》』という」

それは知っている。胚は植物なら双葉《ふたば》、動物なら赤ちゃんになる部分だ。

「このピペットは、特別に先を切って大きくしてある。胚に傷《きず》をつけないようにする
ためだ」

入口が広くなっているのだろう。胚《はい》がピペットの中に、すいっと吸《す》いこまれていく。

「これを、この液体《えきたい》に入れる。胚の外側の膜《まく》を溶《と》かすためだ」

ピペットの中にあった小さな胚が、試薬瓶《しやくびん》の中に落ちて沈《しず》んだ。先生は蓋《ふた》をする。

「なぜアルコールを使うんですか?」

弓削《ゆげ》さんはばんばん聞いている。

「水分を抜《ぬ》くためだが、一気に抜くと、やはり細胞《さいぼう》がつぶれてしまう。漬物《つけもの》のようにしわしわになる。だから、アルコールをこんなふうに、濃度《のうど》をだんだん上げていく」

先生は、窓際《まどぎわ》に並《なら》べてある広口の試薬瓶の前に移動《いどう》した。

「ここにラベルを貼《は》ってある。アルコールの濃度だ」

七十パーセントエタノール、九十パーセントエタノール、百パーセントエタノール……。ラベルシールに、丸に囲《かこ》まれた通し番号といっしょに、そう書いてある。

「濃度、たしかにだんだん上がってる!」

弓削さんはうれしそうに叫《さけ》ぶ。

濃度が上がるって、濃《こ》くなるってことだ。でも、そういうふうに並べてあるんだから、当たり前だろう。そんなにうれしいようなことだろうか?

「毎日、このピペットで、胚を隣《となり》の瓶に移動させる。こんなふうに」

先生は、広口瓶を開けて、中の胚を吸うと、順に隣の瓶に移《うつ》した。

「このノートに記録しながら、この作業をやる」

そう言ってから、私《わたし》たちの顔を見まわした。

「何か質問《しつもん》は？」

「はい！」

石川さんが、手まで上げて、元気な声を出した。

「生物部には、先輩《せんぱい》は何人いるんですか？」

そうだ、それを私も聞きたかったんだっけ。アルコールより大事だ。

「先輩はいない。君たちだけだ」

え？

いない？

この三人だけ？

「去年、三年生が五名いたが、卒業してしまった」

びっくりして、三人で顔を見合わせた。先生は急に時計を見上げる。

「あ、時間だ。今から、ぼくは大学に行かなければならない。悪いが、この続きをやっておいて。それから、これが書類だ。保護者《ほごしゃ》に記入してもらって」

先生は、プリントを私たちに手わたすと、早足で出ていった。

「やってって……」

私《わたし》は、びっくりして、廊下《ろうか》を遠ざかっていく先生の後《うし》ろ姿《すがた》をながめた。

そりゃ、中学生にはなったけれど、三月までは小学生だったのだ。いきなりこんな難《むずか》しいことをさせられても、という気持ちが先に立つ。

「普通《ふつう》、そういうのは先輩《せんぱい》が、手取り足取り、教えてくれるもんじゃないの？　その先輩がいないっていうんだから。あたしたちだけでやるなんて、ムリ、ムリだよ」

石川さんも口をとがらせる。

「だいじょうぶよ。この実験ノートにあるとおりに、やればいいんでしょ。手順は、きっといちばん最初のページに、書いてあるはずよ」

弓削《ゆげ》さんが冷静に言って、水色のB５ノートを開く。

「ほら、やっぱりあった。ここだ。『トウキョウダルマガエル（いわゆるトノサマガエル）の胚《はい》と、トウキョウサンショウウオの胚を最初に一個《いっこ》ずつ取り』……あ、ここは終わってるって印があるから、ここからか。『その後は、最も発生段階《だんかい》の進んだものを、一個選んでピペットですくい、広口試薬瓶《ひろくちしやくびん》に貼《は》ったラベルの番号順に移《うつ》しかえる。ピペットはそのたびに洗《あら》い』……」

弓削さんは読みあげながら、てきぱきと器具をそろえはじめる。

「先輩がいないなんて！　そんな、ありえないでしょ！」

石川さんは興奮《こうふん》気味に、まだ言っていた。

「あたし、先輩後輩《せんぱいこうはい》の関係っていうのに、あこがれてたんだよね。うちは弟しかいないから、年が上の人としゃべってみたかったんだ。小学校のときだって、上級生はいたけど、おにいさん、おねえさんみたいで。先輩って、それとはちょっと違《ちが》うと思わない？」

わかる。それに、ひょっとしてカッコいい男子の先輩なんかいたらいいなと、心の底では、思っていなかったわけではない。

「私《わたし》一人っ子だけど、そんなの思ったことない」

弓削《ゆげ》さんが冷たく切《き》り捨《す》てる。何か言わなきゃと私は思った。

「うんうん。私は姉はうんざりだけど、先輩ならまた違った感じするかもしれないって思ってて」

「そっか、里山さん、おねえちゃんいるんだ。なんでうんざりなの？　あたしなんて、弟だけだから、おねえちゃんいる人、いいなって思っちゃうけど」

「うちの姉、いい学校行ってるのを鼻にかけるから、いやなんだ」

「おねえさん、学校、どこ？」

聞いたのは石川さんではなく、弓削さんだ。こんなストレートな聞き方、ちょっとびっくりだが、答えないわけにもいかない。

「リーラ女子……」

私《わたし》の声はちょっと震《ふる》えていたかもしれない。

リーラ女子と言えば、次の言葉はたいてい、すごいね、だ。

そう言われると、そこに自分がチャレンジして落ちたという事実と、姉がすごいという事実を受け止めなければならなくなってしまう。

「ああ、あそこ。私、落ちたよ」

弓削《ゆげ》さんの意外な返答とさっぱりした声に、私は思わず大きな声を上げた。

「え、ほんと？」

「うん。おかあさんの母校なんだ。だから一応《いちおう》、受けたけど落ちた」

弓削さんはそう言っておいてから、つけくわえる。

「今年は、算数がありえないぐらい難《むずか》しかったもの。あれじゃ、算数が得意《とくい》な人だけ、有利じゃない？　反対に他の科目は易《やさ》しくてみんなできたから、そこで挽回《ばんかい》するわけいかないし、普通《ふつう》の人は落ちてもしょうがないよね」

わ、こんなところに、仲間がいた。

そうなんだ、やっぱり今年は難しかったんだ。ずっと心にひっかかっていたものが、すっと下に落ちていったような気がした。でも、私も受けたんだとは、言いそびれる。

「そうなんだ、おかあさん、リーラ女子の出身なんだ……」

「そう。で、今は医者やってるんだ。私も医者になりたいから、ここに来た」

さっきと同じく、さっぱりした言い方だ。

「え？　ここに来たら、お医者さんになれるの？」

石川さんが無邪気《むじゃき》に聞いてくれる。たしかに私《わたし》も聞きたい。神坂《かみさか》大学には医学部はないはずだ。どうしてここに来ることが、お医者さんになることになるのか。

「うん。あんまり宣伝《せんでん》してないけど、ここの高校は、成績《せいせき》が良かったら加見坂《かみさか》医科大学に推薦《すいせん》してくれるの。加見坂医科大学と、この神坂学園は、もともと同じ人が創《つく》った学校だからね」

へえ、と目を丸くして弓削《ゆげ》さんを見つめているのは、石川さんとたぶん私も同じだろう。

「おかあさんが、リーラ女子で、自分が落ちたって、なんかいやな気しない？」

私は話を変えるつもりで言ったけれど、すぐに後悔《こうかい》した。聞いてはいけないことかもしれなかったな、と。

でも聞きたかった。姉と私の関係に似《に》てる。

弓削さんは、にこっと笑った。

「たしかに、すごくできるんだけど、むしろ、かわいそうなんだよ、うちのおかあさん」

「え？　かわいそう？　どうして？　お医者さんなんでしょ？」

石川さんが、びっくりを隠《かく》そうともせず言う。たしかに、地位もあって、尊敬《そんけい》もされることが多いお医者さんが、かわいそうなんて、どういうことかと、私《わたし》も思う。

「うちのおかあさん、コミュショーなの。コミュショーってわかる？」

弓削《ゆげ》さんは挑戦《ちょうせん》するように、私と石川さんの顔をながめまわす。そんな言葉は聞いたことはない。知らない、と首を横に振《ふ》る。

「人としゃべるのが苦手なの。すごくつらいんだって。患者《かんじゃ》さんや看護師《かんごし》さんや、他のお医者さんと話をするのが。仕事のうちだからやってるけど。帰ると、いつもぐったりして、ベッドで寝《ね》てる」

「じゃあ、おとうさんがごはん作るんだね、うちといっしょだ。うちはね、おかあさんがとんでもなく料理が下手《へた》だから、おとうさんが料理の係になってるんだ。その代わり、他のことは、洗濯《せんたく》も掃除《そうじ》も皿洗《さらあら》いも、みんなおかあさんの係だけどね」

石川さんが無邪気《むじゃき》に、口をはさむ。たぶん、この人はあんまり劣等感《れっとうかん》とかに関係なく生きていられるタイプだ。うらやましい。

弓削さんは答える。

「あ、うち離婚《りこん》しておとうさんいないから。いつも夕方、家政婦《かせいふ》さんが来て、作っといてくれるんだ。私のお弁当《べんとう》といっしょに。朝もおかあさん寝てるから、私は自分でパン焼いて食べてくる」

おうちに家政婦《かせいふ》さんが来る。すごい。

本物の家政婦さんを見たことはないが、テレビで特集されているのは見たことはある。買い物をしてくれて、家の台所でご飯を作ってくれる人だ。人によっては、掃除《そうじ》なんかもしてくれるんだろう。

でも、おとうさんがいなくて、おかあさんは仕事から帰ってずっと寝《ね》てて、きょうだいもいないってことは、弓削《ゆげ》さんはずっと一人でだれともしゃべらずに家にいて、ごはんも一人で食べるってこと？

お金はあるんだろうけど、考えてみれば、大変そうな家だ。

そんな事情《じじょう》を、思いがけず知ってしまって、どんな顔をしていいのか、ちょっと困《こま》る。

そんな中、石川さんはめげないで、無邪気《むじゃき》に話を続けてくれる。この明るさが、ちょっとありがたい。

「そっか、お医者さんって大変なんだね。でも、弓削さんは、お医者さんになりたいんだあ。おかあさんのこと、尊敬《そんけい》してるんだあ」

「そういうわけじゃないよ」

弓削さんは、せっかくの石川さんの好意をきっぱり切《き》り捨《す》ててから、続けた。

「だって、命って不思議じゃない？　だって、こんな小さい点のようなものの中から、何かが出てくるのは、どうしてなのかって、思わない？」

　二つの丸い水槽《すいそう》の中には、カエルとサンショウウオの卵《たまご》が入っている。石川さんがのぞきこんだ。

「サンショウウオのほう、なんかしわが寄《よ》ってるね。死んだりしてないかな？」

たしかに、前に見たときは、ただの丸だったが、今はちょっと表面にしわが寄っているような気がする。表面のつやが消えている。まさか、死んではいないだろうか？

「あ、これは細胞《さいぼう》が分裂《ぶんれつ》したんだよ」

「どういうこと？」

「卵って、一つの細胞なの。正確《せいかく》に言うと、たしかに一つなんだけど、メスが産んだばかりのときは中身が半分しかない。だけどそこへオスが来て、精子《せいし》というもう半分の中身をふりかける。そうすると、この二つが合体して、一つになるんだ。それが卵」

　それはメダカの卵もいっしょだったたっけと、小学校の理科を思い出した。

「そっか、このしわは縮《ちぢ》んだんじゃなくて、細胞がだんだん増《ふ》えてきたってことなんだね。がんばれー」

　石川さんは口に手を当ててメガホンのようにすると、水槽に向かって呼《よ》びかける。

　この人、本当に生き物が好きなんだ。

弓削《ゆげ》さんのほうは、ちょっと冷たいような目で、水槽《すいそう》を見つめながら、話を続けている。

「でも、細菌《さいきん》はオスもメスも、親も子もなくって、ただ細胞《さいぼう》が分裂《ぶんれつ》するだけでしょ。そうやって増《ふ》えていく。もともと一つだったものが、二つに分かれるだけだよ」

そうか。弓削《ゆげ》さんは、同じ生き物でも、かわいいという面より、生きていることの不思議に気が向いているみたいだ。

「ウイルスなんて、細胞でさえないんだよ。ただの物質《ぶっしつ》で、どこかの生物の細胞に入りこんで、細胞の遺伝《いでん》のしくみを乗っとって、自分を増やす。こういうのは、生き物とは言えないよね」

そう言われて、石川さんも私《わたし》も、へえっと目を丸くする。

たしかに、どこからが生き物になるんだろうなんて考えたこと、なかったっけ。

「地球に生まれた最初の生き物って、何だか知ってる?」

「地球に?」

石川さんと二人、顔を合わせて考える。

「ウイルス?」

私が言うと、と弓削さんは冷たく首を振《ふ》った。

「違《ちが》う、ウイルスは、細胞にとりついてないと増えないから、そっちが先にできることはありえない」

「あ、そっか！　そうだよね」

石川さんはすなおでいい子だ。怒《おこ》りもせずに、手を打って、感心している。

「じゃあ、恐竜《きょうりゅう》かな？　うちの弟、四年生なんだけど、恐竜大好きでね、名前全部覚えてるんだ」

「ああ、恐竜は、複雑《ふくざつ》で高度すぎる。細胞《さいぼう》いっぱいあるし、オスメスもあるし、卵《たまご》も産むし、両生類よりも、むしろ新しい形の生き物なんだよ」

弓削《ゆげ》さんは笑った。

「最初にできたのは、単細胞《たんさいぼう》生物だと考えられてる。ゾウリムシとかに似《に》たやつ。地球が生まれたときは、どこも火山の中のように熱かったけれど、それが少し冷めてきたころのあたたかい海で、突然《とつぜん》発生したと思われてる。でも不思議じゃない？　生きてるものが一つもないところから、生き物ができたなんて、感動だよね」

弓削さんはそういうところに感動するんだ、とちょっとびっくりする。

生き物は生き物から生まれるのが当然と思ってて、最初の生き物はとか、どこから生き物と言えるかなんて、考えたことはなかった。たしかに、生き物はなぜ、生きてるって言えるんだろう？

「あ、動いた！」

カエルの卵《たまご》を見つめていた石川さんが叫《さけ》んだ。

「ほんと?」

「うん、これ。ちょっとだけ、ぷるっと」

石川さんの指さす先には、球形にちょっと角《つの》が生えたような形のものが入った卵があった。

「オタマジャクシになるのかな」

「かもね」

「楽しみだよね」

私《わたし》と石川さんが盛《も》りあがっているというのに、弓削《ゆげ》さんは、にこりともせずにピペットを手に取った。

「え?　これもやるの」

石川さんが叫んだ。

「生きてるんだよ、今から生まれるんだよ。薬品に漬《つ》けて水分を抜《ぬ》くっていうことは、殺《ころ》すってことでしょ!」

「だって、これは、そういう実験だもの」

弓削さんはノートを開く。

「ほら、『最も発生段階《だんかい》の進んだものを、一個《いっこ》』って、書いてある」

たしかに、そう書かれている。

「あー、うー」

石川さんがうなる。

「動いたら、もう取らないとか、できない？」

「気分でやめたら、実験にならないよ。実験っていうのは、条件《じょうけん》を変えずに継続《けいぞく》するから、ちゃんとデータになるの」

弓削《ゆげ》さんはさらに、切《き》り捨《す》てる。

「あ、ま、そうだろうけど……」

石川さんは唇《くちびる》をかんで下を向いた。

なんかちょっとかわいそうだ。

「あのさ、一日、一個《いっこ》だけってことだよね。残った他のやつは、だいじょうぶだよね」

私《わたし》は、二人の間を取りもつように、交互《こうご》に顔を見ながら言った。

「うん、一個だけって書いてある。それから、どれか一匹《いっぴき》でも幼生《ようせい》になったら、つまり卵《たまご》から生まれたら、取るのはおしまいにするっていうのも書いてある」

と弓削さんがうなずく。

「……それなら……」

石川さんがゆっくり口を開いた。

「金魚の卵《たまご》だって、メスの金魚はたくさん産むけど、そのうち稚魚《ちぎょ》になるのは、ちょっとだけなんだよ。全滅《ぜんめつ》ってこともあるし、取り分けて別の水槽《すいそう》に入れないと、他の金魚が食べちゃうこともあるんだよね。これだって、先生が採《と》ってこなかったら、川で魚とかに食べられちゃってたかもしれなかったし。それを思えば、一個《いっこ》なら……」

「そういうことよね」

弓削《ゆげ》さんは、ピシリと言って、ピペットで卵を吸《す》うと、シャーレに入れた。

メスで、外の透明《とうめい》な部分を切りさく。

またピペットで吸って、一番アルコール濃度《のうど》の低い薬品瓶《やくひんびん》に入れた。

胚《はい》は底に向かって沈《しず》んでいく。

「ああ、ごめんね、ごめんね」

石川さんはつぶやいた。

なんか、念仏《ねんぶつ》でも唱えてるみたいだなと、胸《むね》がきゅんとなる。

「ああ、なんかさ、わかってるんだけどね。弓削さんの言うとおりだとは、思うんだけどね」

ちょっとの沈黙《ちんもく》のあと、石川さんが言《い》い訳《わけ》のようにつけくわえた。

三　コミュショー

その日、家に帰って、マンションの玄関《げんかん》でインターホンを鳴らしたが、だれも出てこなかった。

おかしいな。

パートの日ではないから、母はいるはずなのだけれど。

自分の鍵《かぎ》を出して、表のオートロックを開けて入り、エレベーターで三階に上がって家の鍵も自分で開けた。

そのとたんだ。

ガチャン
ガラスの割《わ》れる音がして、立ちすくむ。

どうしたんだろう？

まさか、泥棒《どろぼう》？

逃《に》げたほうがいい？

腰《こし》から下の力がふっと抜《ぬ》けた。足が震《ふる》える。

だが次の瞬間《しゅんかん》、違《ちが》うとわかった。

「だから、受験するって、言ってるでしょ」

リビングから、姉のどなり声が聞こえたからだ。

あーあ、それか。

数日前から、母と姉がもめているのは知っていた。

姉は新学期から塾《じゅく》の「内部進学者コース」に入ったのだが、「受験コース」に替《か》わりたいと言いだしたのだ。リーラ女子は、高校まではそのまま行ける。なのに、姉は外部受験をしたいと言うのだ。

「もう中学三年なんだから、今から外部受験の準備《じゅんび》したって、もう遅《おそ》いでしょ」

母の大声が聞こえてくる。姉がどなり返している。

「だって、しょうがないじゃない。もう私《わたし》、これ以上、リーラに行く気はない」

「リーラは自分が行きたいって言って、入ったんでしょ。今さら、そんな勝手なこと」

「だめなんだってば。みんなと話が合わないんだってば。勉強ができないから」

姉は泣き声だ。

「勉強は努力が足りないんでしょ。話が合わないのは、別に理由があるんじゃないどこかのお土産《みやげ》にもらったマグカップが、棚《たな》から消えていた。

あとでそっとリビングに入ってみたら、母の大事にしていたクリスタルの花瓶《かびん》と、姉の叫《さけ》び声《ごえ》とともに、またガチャンという音がした。

「うるさい！　私《わたし》はどうせ、コミュショーよ！」

の」


次の日の朝、バスの中で弓削《ゆげ》さんに会った。

「おはよ」

あいさつをしてから隣《となり》に座《すわ》り、顔を見ながら、ふと姉が「どうせ私はコミュショー」と言ったことを思い出した。弓削さんも前に同じ言葉を使ったっけ。

「あのね、聞きたいことがあるんだけどね……」

朝からこんな話と思いながら、でも弓削さんなら平気で受け取るだろうという気もする。

「何？」

くりっとした目が、無邪気《むじゃき》に私を見つめた。初めて気づいたけれど、弓削さんは美人だ。目が大きくて、鼻筋《はなすじ》が通っている。美少女アイドルにこんな人がいたような。

「コミュショーって何のこと？　ほら、この前言ってたでしょ……」

「あ、うちのおかあさんのことね」

やっぱり弓削《ゆげ》さんは、気にするようすもなく、さらりと受け止める。

「コミュニケーション障害《しょうがい》の略《りゃく》。別に障害とか、病気とかじゃないんだ。俗語《ぞくご》。ただみんなが、人づきあいの苦手な人のことを、そう呼《よ》んでるってだけ」

「あ、そうか……」

姉は、そんなに、人づきあいが苦手だったかな？

「どうしたの？」

「ああ、うちのおねえちゃんが……ほらリーラに行ってる……昨日、家の中で大暴《おおあば》れしてて……」

他の人には家の恥《は》ずかしいようなことは言いづらいけれど、なぜか弓削《ゆげ》さんにはしゃべれる。おかあさんがリーラと聞いたからかも。リーラを落ちた同士《どうし》だからかも。

「あ、そういうことか……」

弓削さんは、ちょっと考えてから、いったん目をつぶり、ゆっくり口を開いた。

「ま、リーラには多いってうちのおかあさん言ってたよ。本当かうそか知らないけど。でもＩＱが高くて、頭の回転の速い子は、人と話を合わせることが苦手な傾向《けいこう》にあるらしいよ。勉強とか本を読むのが得意《とくい》すぎて、あんまり人と遊んだりしてないから、雑談《ざつだん》ができないのも原因《げんいん》らしい」

「雑談《ざつだん》？」

「そう。何か目的があって、議論《ぎろん》するとかは得意《とくい》だけど、意味のない話をするのが苦手って。ま、私《わたし》も、リーラじゃないけど、そうなんだけどね」

弓削《ゆげ》さんは笑った。

まあ、たしかに弓削さんは、直線で突《つ》っ走《ぱし》るような話し方をするけど。

「意味のない話をするのって、そんなに大事？　たいしたことないように思うけど」

「それも才能《さいのう》だよ。私なんて、どんな話題を持ち出していいのかって、いつも悩《なや》んでるもの。私も、おかあさんほどじゃないけど、コミュショーなのかもね」

そうなのか……。

私はどうかな。一人だけ変なことは言わないようにしてて、自分から話を持ち出すことはあんまりないかも。たいてい、だれかの話に合わせてる。サーフィンみたいだなって、いつも思っている。サーフィンはやったことはないけど。でも、波が来たら乗る。その波が低くなったら、タイミングよく、次の波に乗る。頭の中に前の話がちょっとぐらい残っていても、思いきりよくぱっと乗るのがコツ。

それって、人づきあいが得意ってことになるんだろうか？

私に、姉のできないことができるってこと？

四　どうなる生物部

授業《じゅぎょう》で第二理科室に行くときは、真っ先に教室移動《いどう》して、窓際《まどぎわ》の棚《たな》の上に置いてある水槽《すいそう》を確《たし》かめるのが、お決まりのようになった。

水槽の正面に立って、かがみこみ、目をこらす。

胚《はい》の一つの表面が、昨日から一か所だけ飛びでていたが、今日はそれが小さい角《つの》みたいに見えていた。他の胚はどうかと見てみると、あと三つ、とがった部分のある胚がある。

「わあ、増《ふ》えてる」

思わず声を出すと、クラスの女子が、やってきた。

「何の卵《たまご》？」

「サンショウウオだよ」

「天然記念物の？」

「あのね、天然記念物の大きいのは、オオサンショウウオっていうの。これは、別の種類。カナヘビに似《に》てるかな」

「げえぇ、気持ち悪い。うろこがあるヘビみたいなやつなんでしょ」

「違《ちが》う違う。サンショウウオは、両生類で、うろこはないんだ」

私《わたし》はあわてて手を振《ふ》って否定《ひてい》した。

「ヘビは爬《は》虫類《ちゅうるい》でしょ。カナヘビも爬虫類。サンショウウオは、両生類なんだよ」

「ふうん」

「爬虫類は、最初から肺呼吸《はいこきゅう》だけど、両生類は最初はエラがあって、それが消えて、あとで肺呼吸になるんだよ。不思議でしょ」

その子は、返事をせずに、隣《となり》の水槽《すいそう》の前に移《うつ》る。

「こっちも、そのサンショウウオとかってやつの卵《たまご》？」

「ううん、そっちはカエル」

「げっ……」

その子は、ちょっとびっくりしたようすで、水槽から飛びのいた。

「きもっ……」

「そう？」

「え、里山さんって、平気なの？　カエルが？」

そう言われては、心が折れるが、うんとうなずくしかない。

「カエル、だめ?」

「そりゃ、みんなきらいでしょ」

「そうなの?　みんな?」

「そうだよお。カエル化現象《げんしょう》って言葉、あるじゃない」

カエルになる現象?

「どういう意味?」

「あのね、すごく好きな人がいるとするじゃない。そしたら、その人が、ダサいことしたりすると、幻滅《げんめつ》するでしょ。それをカエル化現象っていうんだよ。急にカエルになっちゃったってことで」

「そうなんだ……」

ダサいことすると、そのとたんに、王子様がカエルになるってことかな。

カエルって、そんなにきらわれてるんだろうか。

「生物部って、すごいよね」

その子は、ちょっと悪いと思ったのか、なぐさめぎみな口調になった。

「文化祭でカエルの解剖《かいぼう》やってたでしょ」

「解剖?　カエルの?　生物部が?」

初めて聞いた。

「そう。あそこで」

その子は、眉《まゆ》をひそめて、黒板前の先生用の広い実験テーブルを指さす。

「うちのおとうさんが見たいっていったから、あたし、ああいうの苦手だし廊下《ろうか》で待ってたんだけど、けっこう人気で人が入ってたよ。ホラーの怖《こわ》いもの見たさって感じ？」

そういうことか……。

生物部が、去年の文化祭でカエルの解剖《かいぼう》をしてたんだ。

――ほんと？　すごい。チャレンジャー！

――去年の文化祭、見てないの？

前に言われた言葉が、頭をかけめぐる。

今やっと、意味がわかった。

「でも、それって、去年だけじゃないのかな……」

そうあってほしいと思ってつぶやくと、その子は即座《そくざ》に否定《ひてい》した。

「いや、もう何十年も、毎年やってるんだって。この学校の文化祭の目玉だよ」

心がずん、と重くなってきた。

そういうことだったのか。

だから、三人しか生物部に入らなかったんだ。

どうしよう。
私《わたし》だって、解剖《かいぼう》なんてできない。
小学校のとき、アジの解剖をした。
班《はん》に一匹《いっぴき》ずつ、アジが配られた。
――みんな、指で表面をさわってみてね
と言われて、男子はだまって、女子はきゃあきゃあ言いながら、指を出して皮に触《ふ》れた。
私もさわった。
青光りする皮にはうろこはなくて、つるんとしていた。
――今日は、これを解剖していきます。だれかやってくれる人
――やだ~~
――きも~~
声が上がり、希望者は、ほとんどいなかったので、先生が言ったのだ。
――これはみんな、魚市場にお願いしておいて、今朝、先生が買ってきたものなんですよ。もし先生が買わなかったら、だれかが買って、魚屋さんやスーパーに並《なら》んでいたかもしれない。そして、みなさんのうちのだれかが食べたかもしれない。そんなに気持ち悪いものじゃないはずですけど

先生の言葉にもかかわらず、声は止《や》まなかった。

――あたし、魚きらい
――どうせ魚なんて食べないもの
それが聞こえたかどうなのか、先生はこうも言った。

――鶏《にわとり》だって、牛だって、豚《ぶた》だって、同じことですよ。私《わたし》たちは、生き物の命をいただいて生きてるんだから。そのことを、ちゃんと考えるためにも、こういう実験は必要なんじゃないの？

だれも聞いていなかった。

結局、怪談《かいだん》大好きみたいな男子たちが、解剖《かいぼう》係を買って出た。アジの肛門《こうもん》のところから、解剖バサミを入れて切りひらくと、内臓《ないぞう》が見えた。みんなぎゃあっと声を上げた。

私もそれまで、魚を食べたことはあっても、内臓なんか見たことがなかった。スーパーで、食べる部分だけトレイに入っているのしか見たことがない。そういえば母は、内臓はちゃんと除《のぞ》いてあるのを選ぶと言っていた。生ゴミの日が火曜と金曜だけで、内臓の入ったゴミを置いておくと臭《くさ》くなるから、というのだ。

初めて見たアジの内臓には、いろいろなものが入っていた。浮袋《うきぶくろ》とか、腸《ちょう》とか、肝臓《かんぞう》とか。みんなそれぞれ役割《やくわり》があって、ちゃんとつながっているのだ。

　そのことは、前に塾《じゅく》で習っていた。内臓《ないぞう》を描《えが》いた図も見たことはあった。だから、実物を見て、わ、図のとおりだった、とむしろ感心したぐらいだ。

　でも、自分の手でやりたかったかというと……。

　いやあ、あんなのは本で見るだけでいいと思う。

　何かを知るには、それで十分じゃないか。

　まして、カエルというのだから。

　カエルがきもいとは思わないけれど、やっぱり解剖《かいぼう》はいやだ。

　どうしよう。

　こんなこと、最初から知っていたら、絶対《ぜったい》、生物部に入らなかった。


　その日の理科の授業《じゅぎょう》は、虎崎《とらさき》先生が急な用事で休みということで、自習になった。

　先生はいないけれど、放課後、第二理科室に行った。

　解剖のことをどう思うか、他の二人に聞いてみたかったからだ。

　入ると、一人、先に来ていた石川さんが、待ちかねたように、声をかけてくる。

「あのさ、もうそろそろこの水、替《か》えたほうがいいと思うんだ」

「そうなの？」

「うん。見て。このところちょっと暖《あたた》かかったから、泡《あわ》が出てるでしょ」

たしかに、カエルとサンショウウオ、両方の水槽《すいそう》の水面に、小さな泡《あわ》が浮《う》いていた。

「泡があっちゃ悪いの？」

「水がくさってるかもしれない。金魚だとね、水中の酸素《さんそ》がなくなっちゃって、すぐに死んでしまうレベル」

「えっ！」

ちょっとびっくりして水中の卵《たまご》を見る。気づかなかった。

「もう死んでたら、どうしよう……」

「まだ、だいじょうぶだと思うよ。卵は呼吸《こきゅう》しないでいいから」

そうか。まだエラも肺《はい》もできてないっていうことは、酸素もいらないってことなのか。

「じゃ、早く替《か》えよう」

私《わたし》が、水槽をかかえようとするのを、石川さんは止めた。

「だめだめ。水道水はそのまま使えない。一晩《ひとばん》置いて、塩素《えんそ》を抜《ぬ》かなきゃ」

あ、そうか。

小学校で金魚の水替えのときは、別の容器《ようき》に汲《く》み、日向《ひなた》に置いてから入れ替えていたっけ。

「予備《よび》の水槽とかあればいいんだけど……」

「あるなら、理科準備室《じゅんびしつ》じゃない？」

教室の後ろのドアを石川さんが指さす。

「でも、先生休みだし」

ドアノブをひねってみたが、やっぱり鍵《かぎ》は閉《し》まっていた。

第二理科室は、生物関係の授業《じゅぎょう》をやるところで、管理者は虎崎《とらさき》先生だ。だが、理科室は下の階にもう一つある。化学の実験などをやる第一理科室だ。

「第一のほうに行ってみる？」

「そうしようか」

教室を出ようとしたときに、ちょうど廊下《ろうか》の向こうからやってきたのは、その第一理科室担当《たんとう》の友田先生だ。

ポニーテールの女の先生で、たぶん学校中で一番若《わか》い。

みんなは、親しみをこめて、トモちゃんと呼《よ》んでいる。

「あれ？　生物部って、今日だった？」

トモちゃんは声をかけてきた。

「はい。毎日来てま～す。水替《みずか》えしようと思って、予備《よび》の水槽《すいそう》、探《さが》してるんですけど」

石川さんの返事に、トモちゃんは、困《こま》ったような顔をした。

「ごめんね。あたし、専門《せんもん》は化学だし、第二理科室はどこに何があるか、知らないんだ。それにもうここ、閉《し》めに来たの。掃除《そうじ》終わったし、だれかがいたずらしに入ると困《こま》るから」

石川さんと二人、顔を見合わせる。

「水替《みずか》えしないといけないいんです……」

「じゃ、ちょっと待ってるから、急いでやってくれる？　もうすぐ職員《しょくいん》会議なんだ」

「あ、今日はとりあえず、水を汲《く》み置《お》きしておきたいんです」

「そっか」

トモちゃんは腕時計《うでどけい》を見た。

「悪いけど、汲み置きだけだったら、なんとか他のところでやってくれないかな？　急に虎崎《とらさき》先生の代わりに、いろいろしなきゃならなくなって、ばたばたで」

「はい……」

困ったようなトモちゃんの顔を見ると、うなずくしかない。

「あの、虎崎先生、しばらくお休みなんですか？」

「そうなんだよね……ひょっとするともう来ないかも……あ、これはまだ、みんなに言わないでね」

トモちゃんはあわてて鍵《かぎ》をかけると、小走りに去っていった。

「どういうこと？　もう来ないって？」

石川さんが、目を丸くしている。

私《わたし》も首をかしげた。一学期が始まったばかりだというのに、先生がもう来ないって、どういうことなんだろう？

「遅《おそ》くなって、ごめーん」

反対側からやってきたのは、弓削《ゆげ》さんだ。

「どうしたの？」

私たちが妙《みょう》な顔をしていたのだろう。弓削さんが聞く。

「それがね……」

手短に事情《じじょう》を話すと、弓削さんが言った。

「うん、なんかね、うちの組のうわさなんだけど、虎崎《とらさき》先生、急にアメリカに行くことになったらしいよ」

「アメリカ？　旅行？」

「ううん。研究だって。大学でだれかが行けなくなって、代わりなんだって」

「へえ……」

びっくりして目が丸くなる。

「授業《じゅぎょう》はずっと自習かな？　それともトモちゃんがやるのかな？」

「生物部はどうなるんだろうね。顧問《こもん》がいなくて、部活って言えるのかな？」

弓削《ゆげ》さんが冷静に言う。

「部がそっくり廃止《はいし》になるのかな？　でも、廃止になったら部員はどうなるんだろう？　うちの学校、部活を途中《とちゅう》でやめたり替《か》わったりしちゃいけないでしょ」

「顧問はトモちゃんが、やるんじゃない？」

「でも、第二理科室に何があるのか知らないって言ってたんでしょ」

たしかにそうだ。トモちゃんには、期待できそうにない。

「それより問題は、水の汲《く》み置《お》きだよ……どこかの教室でバケツ借りて、廊下《ろうか》かベランダにでも置いておく？」

石川さんがせっぱ詰《つ》まった声を出す。

「バケツに入れて置いておいたら、きっと掃除《そうじ》当番に捨《す》てられちゃうよ」

たしかに。

「メモ書いて貼《は》っておけば？」

「テープ、どこあるの？　先生いないとわかんない」

「水槽《すいそう》って、一個《いっこ》に何リットルぐらい入るんだっけ」

突然《とつぜん》の弓削さんの言葉に、ちょっとびっくりする。話題変わった？

「さあ、どのぐらいだろう……」

石川さんも困《こま》った顔だ。

「だいたい、直径が三十センチぐらいだとして、高さが十五センチぐらいか？　それに三分の二ぐらいの水が入っていたとして……」

弓削《ゆげ》さんは暗算する。数学の問題解《と》いてるの？　今そんな場合かな？

「約、七リットルか。二つで十四リットル。三人で割《わ》ると、一人五リットル。水一リットルが一キロだから、つまり五キロ。まあ持ってこられないわけでもないか」

「え？」

「家で汲《く》み置《お》いて、明日持ってくればいいじゃない？　一リットルのペットボトル五本だから。そういうペットボトルは家にあるでしょ。ミネラルウォーターの」

なるほど、水を持ってくるっていう話がしたかったのか。

でも、ペットボトルを何本も持って、電車やバスに乗るというのか？

過激《かげき》すぎる。

だが、石川さんはパンと手をたたく。

「それいいね。一度にいっぺんに水替《みずか》えはしないんだ。あんまり環境《かんきょう》が変わると悪いから。だから半分でいいよ」

「じゃあ、私《わたし》二リットル持ってくるから、二人は二リットルずつね。二リットルなら大きなペットボトル一本だから、だいじょうぶでしょ？」

「他に方法ないかな……」

私《わたし》がつぶやくと、弓削《ゆげ》さんはきっぱり、宣言《せんげん》した。

「ここでいろいろ迷《まよ》ってる時間もったいない。さっさと決めたほうが勝ち」

「そだね！」

石川さんはすっかりその気だ。

「……もしミネラルウォーターが家にあったら、それでもいい？」

「だめ」

石川さんが首をぶんぶんと横に振《ふ》る。

「ミネラルウォーターは、加熱殺菌《かねつさっきん》してあるから、酸素《さんそ》が抜《ぬ》けてる」

「天然水って書いてあっても？」

「うん。水道水から塩素《えんそ》を抜いたやつがベスト。塩素を抜くには、なるべく空気にあたる部分を広くして、外に置いておくのがいいんだよ。バケツでも、洗面器《せんめんき》でもいいから」

石川さんの言葉に、二人でうなずく。

「じゃ、明日がんばって、持ってこよう。サンショウウオとカエルのために、ねっ！」

「おー！」

三人でハイタッチをした。

五　青いバケツ

帰りはいつも、三人いっしょにバスに乗っている。

駅に着いてからは、石川さんは近くなので歩いて帰る。私《わたし》と弓削《ゆげ》さんは同じ方向の電車に乗るが、弓削さんは二駅ほどで降《お》りて乗《の》り換《か》えだ。私は終点近くまで乗っていく。

電車に乗って二人だけになってから、私は、カエルの解剖《かいぼう》の話を思い出した。水のことがあったので、すっかり忘《わす》れていた。

「あのね、聞いた？　文化祭でカエルの解剖をするのが、うちの学校の伝統《でんとう》なんだって。ぜんぜん、知らなかったから……」

「あ、そうなんだ」

弓削さんの反応《はんのう》は、びっくりしないどころか、あっさりしすぎだった。

「知ってたの？」

「いや、知らなかったよ」

こんなにさっと流されたら、次、何と言えばいいんだろう。

「あの、気持ち悪くない？　解剖《かいぼう》って」

「べつに」

またこれで会話がおしまいだ。

サーフィンで波が来ないから、乗れない。

――私《わたし》も、おかあさんほどじゃないけど、コミュショーなのかもね
前に弓削《ゆげ》さんの言った言葉が、ちょっと思い出された。こっちから波を起こそうと、

「小学校のときアジの解剖したけど……」

と言いかけると、弓削さんはぴしゃっとさえぎった。

「解剖ができなかったら、医者にはなれない。うちのおかあさんが言ってたけど、解剖の実習は、医学生はみんなやるんだけど、中には、途中《とちゅう》で失神してしまう人がいるんだって」

「そうなんだ……それって、カエルの？」

「違《ちが》うよ。人間」

「えっ！」

「献体《けんたい》っていって、医学の進歩のために、自分が死んだあと、解剖してくださいって、遺言《ゆいごん》してくれる人がいるんだ。だから、解剖実習ができるの」

「へえ……」

　私《わたし》だったら、死んでたって絶《ぜっ》対《たい》にいやだ。自分の体を人の目にさらされるなんて。

「弓《ゆ》削《げ》さんは、そんなの平気？」

「うん、やってみなきゃわからないけど……失神するかもしれないけど」

　話がちょっとずれたみたいだ。私は献《けん》体《たい》の話をしていたのに、弓削さんは解《かい》剖《ぼう》の話をしている。でも弓削さんは、自分をはげますようにうなずいた。

「自分がしたいことがあるんだったら、いやな部分があっても、乗《の》り越《こ》えなきゃ、しようがないよね」

「お医者さんになるには、どうしても解剖やらなきゃならないの？」

「うん。体の中のしくみを知らなきゃならないから」

「でも、写真とかでも、すむじゃない」

　そうだ、つまり私は、こういうこと、人と話してみたかったんだ。でも石川さんじゃだめ。いい人だけどだめ。弓削さんにしか話せない。

「見るのとやってみるのじゃ、ぜんぜん違《ちが》うんだ。里山さん、『解《かい》体《たい》新《しん》書《しょ》』っていう本読んだことある？」

「何それ。図《ず》鑑《かん》？」

　そんなタイトルの図鑑を、図書館で見たことがあったような気がした。

「違《ちが》う。昔の人、江戸時代《えどじだい》の人が書いた本。江戸時代には、解剖《かいぼう》するとけがれると信じられていて、やっちゃいけないことになっていたの。だから、医者でも体の中がどうなっているのか、知らないことが多かった。体の中を描《か》いた絵もあったけれど、まちがいだらけ」

「そうなの」

「そう。今みたいに、お腹《なか》の中を開いて手術《しゅじゅつ》するなんてこと、ほとんどなかったしね」

そうなんだ。弓削《ゆげ》さんはいろいろ知っている。やっと波が来た。大波すぎるけど。

「でも、あるとき、何人かのお医者さんが、一枚《いちまい》の絵を手にいれたの。それは、オランダの医学書の付録で、内臓《ないぞう》が全部書いてあって、オランダ語で名前も書いてあった。でも、その絵は今まで習っていたものとはぜんぜん違ってたの。位置が違っていたり、知らないものが描かれていたり」

「なんで、オランダ語？　英語とかじゃないの？」

「そのころ、日本に来られる外国人は、西洋ではオランダ人だけだったでしょ。だから手に入る西洋の医学の本は、オランダ語の本だけだった。で、なんとかみんなでそのオランダ語の絵についた解説《かいせつ》を、辞書を片手《かたて》に日本語に訳《やく》しているうちに、どうしても本物を見たいということになって、死刑《しけい》になって死んだ人の体を置いてある場所に見にいったの」

人体模型《じんたいもけい》みたいな、人の体の中身をってことか。

そういえば、うちの小学校には人体模型はなかった。

でも、学校の怪談《かいだん》、みたいな怪談話にはよく出てくる。たいてい、お腹《なか》を開いたまま、ゾンビみたいに歩いて出てくる。

「気持ち、悪くなかったのかな？」

「その人たち、そのオランダの絵に描《か》いてあることが本当かどうか、どうしても自分の目で確《たし》かめてみたかったんだと思うよ。なんか、その気持ち、わかるような気がする」

弓削《ゆげ》さんがそう言ったとき、乗《の》り換《か》え駅に着いた。

「じゃ、また明日ね。水、持ってくるの忘《わす》れないでね」

「うん、わかった。バイバイ」

家に帰って鍵《かぎ》を開けて玄関《げんかん》に入ると、リビングからどなり声が聞こえた。

ああ、まただ。

姉は、学校から帰ってから、塾《じゅく》に行くことになっている。でも進学コースに替《か》わらせてくれないなら、塾には行かないと言《い》い張《は》っているのだ。母はせっかくお金を払《はら》ったのだから行きなさいと言う。それでけんかをしているのだ。

毎回これだから、最近は家に帰るのもゆううつだ。

聞こえても、聞こえなくてもかまわないぐらいの感じでただいまと言ってから、けんかの最中のリビングには入らず、自分の部屋のベッドの上にひっくり返った。

天井《てんじょう》に向かって、ため息が上がっていく。

姉はコミュショーで、友だちとうまくいっていないのだろうか？

私《わたし》にとって、いつでも姉は、追いかけていく対象《たいしょう》だった。姉に困《こま》っていることがあるなど、考えたことはなかった。

そういえば、小さいときから、姉はけっこう強情《ごうじょう》で、これがやりたいと言えば、やらせてもらえるまで、やりたくないと言えば、親があきらめるまで、意地を通していた。

でも、それって、家の中ではよくても、外ではうまくいかないということだろうか。

姉について、そんな見方をしたことは、今までなかったけれど。

弓削《ゆげ》さんにもたしかにそういう雰囲気《ふんいき》はある。

解剖《かいぼう》か……。

弓削さんはやる気だった。

はっきりは、言わなかったけど、やりたいんだ。

——自分がしたいことがあるんだったら、いやな部分があっても、乗《の》り越《こ》えなきゃ、しょうがないよね

と言っていた。

確《たし》かめてみたい、きっと、そういう気持ちなんだ。

でも、と思う。

例えば、人が死ぬのを見てみたいと思ったとしても、殺《ころ》していいとは、だれだって絶対《ぜったい》に思わないだろう。

だったら、もう死んでしまったアジならいい？　獲《と》って市場にあったんだし、解剖《かいぼう》しなくたって、どうせだれかに食べられるんだし。

じゃあ、カエルも死んでたらいい？　カエルは食べられないけど……。

石川さんは、絶対いやだろうな。

この前、動いている胚《はい》をアルコールに入れたとき、石川さんはごめんね、ごめんねと言っていたっけ。今ではもうちょっと大きくなって、尻尾《しっぽ》までできてきている。石川さんはアルコールに入れるたびに、しかめっつらをしていた。

でも解剖するカエルって、まさか、あの卵《たまご》が大きくなってカエルの成体になったらってことかな。

それは、ちょっと……。

私《わたし》もさすがにいやだと思うし、まして石川さんは絶対納得《ぜったいなっとく》しないだろう。

ここまで考えて、はっと思い出した。

水を汲《く》み置《お》きしておかなければ、ならないんだったっけ。

リビングのけんかはまだ続いていた。

家族のだれかがけんかをしていると、家の中に雨が降《ふ》っているような感じがする。雨を降らせている人たちは、上からじょうろで水をかけてるぐらいの気持ちなんだろうけど、こっちはずぶぬれだ。

玄関《げんかん》わきの物入れから、バケツを取りだすと、お風呂場《ふろば》に行って水を汲んだ。

これを一晩《ひとばん》、どこかに置いておかなければならない。

ベランダに行くには、リビングを通らなければならない。それはかんべんと思ったので、玄関外のドアの横に置いて、また部屋に戻《もど》った。

明日これを持っていくには、二リットルのペットボトルが必要だ。

母と姉のどなり声が、廊下《ろうか》に響《ひび》いている。

ペットボトルはスーパーで買ってこよう、と私は決めた。自分の小遣《こづか》いを使うことになるが、そんなに高くないはずだ。

「買い物に行ってきま〜す」

聞こえても、聞こえなくてもかまわないぐらいの声で言うと、玄関を出て、鍵《かぎ》を閉《し》めた。

次の日の朝、学校に行く前に、ペットボトルの中身を冷蔵庫《れいぞうこ》の水筒《すいとう》に空けてから、ベランダでバケツの中の水を入れた。移《うつ》すときにかなりこぼれたが、どうにか足りた。

スーパーのビニール袋《ぶくろ》に入れたが、ペットボトルはけっこう重くて、朝のラッシュでは、ものすごくじゃまになり、人にひっかかっては、ビニール袋の持ち手が手にくいこんだ。

駅に着いて、バス停《てい》に並《なら》ぼうとすると、呼《よ》ぶ声がした。

「里山さーん」

振《ふ》り返《かえ》ると、肩《かた》にかけた通学カバンの他に、大きなエコバッグと、空《から》の青いバケツを下げた人影《ひとかげ》が、近寄《ちかよ》ってくる。弓削《ゆげ》さんだ。

「何それ？　なんでバケツ？」

「家から持ってきた。毎日、ペットボトルじゃ、運ぶの大変だから。学校に置いておこう」

弓削さんはにこにこ笑って、そう言う。

「……弓削さん、このバケツ、ずっと満員電車の中で持ってたの？」

「そう、こうやって」

生物
汲み置
中の水

弓削《ゆげ》さんは、頭の上にバケツをのせてみせる。まるで水汲《く》みに行く人を描《えが》いた外国の絵のようになった。バケツには黒のマジックで大きく「生物部　汲み置き用　中の水捨《す》てるな！」と書いてある。

「まじ？　それで来たの？　じろじろ見られなかった？」

「あ、見る人は見ればいい。私《わたし》に関係ない」

弓削さんには、恥《は》ずかしいなんて気持ちは、ないんだろうか？　いやむしろ、にこにこしている。

「いいアイデアでしょ。さ、乗ろう」

頭にバケツをのせたまま、バスのタラップを上がる。満員で座《すわ》れない。

みんなびっくりして弓削さんとバケツを見ている。弓削さんは平気だ。

「あの……目立つよ」

「だいじょうぶだよ。下ろしたら困《こま》るのは、みんなのほうでしょ。バケツで一人分ぐらいスペースとるもの」

それはそうだけど。

ときどき、うふふと笑い声が聞こえる。汗《あせ》が、わきの下にツーッと流れた。いごこち悪すぎる。早く学校に着け、と心の中でとなえていた。

やっと学校に着いて、バスから飛びだした。

弓削《ゆげ》さんは私《わたし》の後ろから、よたよた降《お》りてきた。通学バッグとは反対の肩《かた》にかけた緑のエコバッグが重そうだ。

「それ、ペットボトル?」

「うん。三リットルで三キロ」

弓削さんはにこにこしている。そうだった。私たちよりたくさん持ってくると引き受けてくれたんだった。そのうえバケツだ。大変だったろう。

「ごめん。バッグ、持ってあげればよかった」

「いい、いい。じゃあ、放課後ね。トモちゃんが来ると、鍵閉《かぎし》められちゃうから、なるべく早く集合」

たしかにそうだ。うっかりすると水替《みずか》えの時間がないかもしれない。

「オッケー!」

私は、にこっと笑って、頭の上に手で丸を作った。

放課後、急いで理科室に行くと、石川さんと弓削さんは、水槽《すいそう》の前にいた。

「見て!」

石川さんが、うれしそうに叫《さけ》んだ。

「あたしたちの最初の子だよ。オタマジャクシ」

カエルのほうの水槽《すいそう》をのぞくと、ちょろりと小さい黒いものが、卵《たまご》のかたまりの下あたりにいる。

「ほんとだ！」

「生まれたんだね」

「ってことは、もうオタマジャクシのほうは卵取らなくていいんだよね」

石川さんはうれしそうだ。弓削《ゆげ》さんでさえ、にこにこしている。

「ノートでは、そういうことになってるよ。水、替《か》えるか」

「うん！」

三人でいそいそと、水槽をかかえて、流しに持っていく。

「捨《す》てるのは半分だけだよ」

「オタマジャクシが流れちゃったら、どうしよう」

「排水口《はいすいこう》の上に、バケツを置いておけばいいよ」

流しの真ん中に、例の青いバケツを据《す》える。

「弓削さん、これ持ってきてくれて、ありがとう。ほんとに助かるよ」

石川さんのきげんはいい。

「じゃあ、あたし、バケツがひっくり返らないように押《お》さえてるから、そっちから、半分だけ水流して」

「オッケー！」

私《わたし》と弓削《ゆげ》さんが、丸い水槽《すいそう》を捧《ささ》げ持《も》つ。

卵《たまご》が流れないように、用心しながら水槽を傾《かたむ》けて、ゆっくりバケツの中に、水を流していく。あわだつ上澄《うわず》みのほうから、ちょろちょろと水がバケツに移《うつ》っていく。

「いいよ、いいよ。もうちょっと」

石川さんが指示《しじ》を出す。

そのとたんだ。

「あっ！」

どっと水がバケツに流れこむ。滝《たき》のような流れの中に小さい黒い影《かげ》が見えた。

のぞきこむと、すっかり流れてしまい、バケツの中でくるくると泳ぎまわっている。

「オタマジャクシが……」

「どうしよう……また水槽に水を戻《もど》す？」

「だいじょぶ、だいじょぶ」

石川さんはそう言って、制服《せいふく》の腕《うで》をまくって、手をバケツにつっこんだ。

それから金魚すくいみたいに、ひょいっと水といっしょにオタマジャクシをすくうと、半分水の残った水槽の上で、ぱっと放した。

「わあ、すごい！」

「まあね。ほら、六年間、飼育係《しいくがかり》だったから」

石川さんは、ちょっと得意《とくい》げな顔になった。

「あと半分は、ペットボトルに入れてきた水を入れよう」

うまく水替《みずか》えができて、ほっとしたそのときだった。

隣《となり》の音楽室で響《ひび》いていた合唱の伴奏《ばんそう》のピアノの音が、ぴたりと止《や》み、どなり声がした。

「どうして何回言っても、わかんないんだよ。そんな振《ふ》り方《かた》するなら、ぼくはもう弾《ひ》かないぞ！　勝手にしろ」

ばん、と音楽室のドアが、力まかせに閉《し》められる音がした。

六　天才少年

ほぼ同時に、開いたドアから、第二理科室に飛びこんできた男子がいた。

すぐにわかった。

同じ組の西口くんだ。

前に合唱部をちょっとのぞいたとき、体験なのにもう伴奏《ばんそう》をしていた子だ。

背《せ》は高いのに、猫背《ねこぜ》で、つんのめるような前かがみで歩く。授業中《じゅぎょうちゅう》は興味《きょうみ》なさそうに、いつも教室の机《つくえ》につっぷして寝《ね》ている。お昼過《ひるす》ぎにひょっこり登校してきたかと思えば、昼休み前にはもう帰りじたくをして、さっさといなくなったりする。

どうしてなのかと、ミッちゃんに聞いたら、

——天才少年だから
と、言った。

ミッちゃんと同じ小学校で、小さいころからピアノのコンクールで賞《しょう》をとったりしていたそうだ。この学校に来たのも、高校も大学もそのまま上がれるからしいと、

ミッちゃんは言っていた。

——ここの大学に音楽科、あったっけ？

——ない。でも西口くんは、音楽大学のレベルをもうとっくに超《こ》えてるらしいよ。もし、音楽の学校に行くなら留学《りゅうがく》なんだって。ひょっとすれば高校の途中《とちゅう》ぐらいでいなくなるかもって
それを聞いて、へえ、いろいろな人がいるものだ、とびっくりした。

その天才、西口くんが、ここにやって来た。

なぜと思う間もなく、西口くんはあわてた顔で、私《わたし》たちの後ろにいきなり回りこむと、床《ゆか》の上にはいつくばるようにしゃがんだ。

「お願い、いないふりして」

びっくりして振《ふ》り向《む》いた私たちに、ささやき声でそう言う。

「え？　どうして？」

私と石川さんが聞いたのに対して、弓削《ゆげ》さんは即座《そくざ》にうん、とうなずいた。

「わかった。任《まか》せて」

「西口くん、待ちなさい。ちゃんと話しあって。ね」

音楽の先生が、叫《さけ》びながら、廊下《ろうか》を走っていくのがわかる。

音楽室から数人が、廊下に出てきて、がやがやと騒《さわ》ぎながら、あちこちを見まわし

ている。

「あ、私《わたし》たち、突《つ》っ立《た》ってないで、普通《ふつう》に作業してたほうが、自然でいいよね。バケツに水汲《く》んで、ベランダに運ぼうか」

弓削《ゆげ》さんが、冷静に言う。

たしかに、ぼーっと突っ立っていたら、いかにも変だ。

あわててバケツをひっくり返して、中の汚《よご》れた水を捨《す》て、蛇口《じゃぐち》を全開にする。

ジャーっと勢《いきお》いよく、バケツに水が入っていく。

「あの、すみません。合唱部ですが」

上級生らしい女子が、ていねいに言って、第二理科室をのぞきこんだ。

「今、ここに来た人、いませんでしたか?」

その人も含《ふく》めて三人ぐらいが、入口に頭だけつっこんで、きょろきょろ見ている。

弓削さんはこともなげに、

「あ、いませんよ」

と、返事した。

「そうですか。ありがとう」

その人たちは、こっち行ったんじゃない? と言いながら、先生とは反対の方向にかけていく。

「出ていくなら、今だよ」

弓削《ゆげ》さんは、西口くんに言う。

「わかった、ありがとう」

西口くんは、立ちあがって、廊下《ろうか》に向かいかけた。

「あ、そっちはだめ。どうせあの人たち、戻《もど》ってくるから。ベランダから、非常階《ひじょうかい》段《だん》を降《お》りて、昇降口《しょうこうぐち》に出たほうがいい」

弓削さんの言葉に、西口くんはびっくりしたような顔をする。

「あ、そうか。ありがとう」

「そうだ。私《わたし》たちもいっしょにベランダに出よう」

弓削さんは言うと、バケツを持って、ベランダへ出た。私も石川さんも、西口くんを囲《かこ》むようについていく。

「あ、でもぼく、教室にリュック置いたままだ」

西口くんがそう言ったとき、音楽室のほうから声が聞こえてきた。

——教室に戻ったんじゃない？

——西口くんって、一年何組？

——A組
——じゃ、行ってみよう

バタバタと廊下《ろうか》に出る音がする。

「もうだめだ……今、あいつらと話したくないのに」

西口くんは、ベランダで頭をかかえてしゃがみこむ。

「じゃ、あたしがリュック持っていってあげるから、昇降口《しょうこうぐち》で靴《くつ》はいて待っててよ」

私《わたし》は言った。

「え？　ぼくのリュックわかるの？」

「ロッカー、五十音順だから、場所わかるよ。同じ組だし」

「同じ組だったの？」

「そうだよ。存在感《そんざいかん》なくて、すみませんでしたねえ」

組にだれがいるかなんて、この人は、興味《きょうみ》ないんだ。腹《はら》が立つというより、むしろ笑える。

私はにやにや笑いながら、廊下側から第二理科室を出た。そのまま走って教室に直行する。

もう合唱部の人たちは着いていて、教室の入口のところにかたまり、西口くん来なかった？　と聞いていた。

「あ、すみません。ちょっと通してください」

私は、合間を縫《ぬ》って中に入ると、西口くんのロッカーに向かう。

そして、まるで自分のもののように、黒いリュックを取ると、さっさと教室を出た。

昇降口《しょうこうぐち》に行ってみると、だれも見えない。

「西口くーん……」

ささやくと、西口くんは、靴箱《くつばこ》の陰《かげ》から、のっそり出てきた。

「ありがとう……そっち、名前なんだっけ」

「里山。里山あかね」

私《わたし》の差しだしたリュックを、西口くんはひっつかみ、もう一度、ありがとうと言って、走って消えた。


第二理科室に戻《もど》ると、弓削《ゆげ》さんと石川さんは廊下《ろうか》で待っていてくれた。ドアはもう、閉《し》まっていた。私が教室に行っている間にトモちゃんが来て、鍵《かぎ》をかけていったのだろう。

「彼《かれ》、だいじょうぶだった？」

弓削さんがささやく。

音楽室の合唱部の人たちは、まだ大声で何か話しあっている。

伴奏《ばんそう》なしで、コンクールはいったいどうするの、西口くんはやってくれるって言ってたじゃない、頼《たよ》りにしてたのに困《こま》る、みたいなヒステリックな声が、切れぎれに聞こえる。

「うん、だいじょうぶだった。でも合唱部には悪いことしたかもね」

私《わたし》の言葉に、弓削《ゆげ》さんは口をへの字に曲げて、肩《かた》をすくめた。

「弾《ひ》きたくないもんは、弾きたくないもの。話しあったら、説得《せっとく》されて、結局やらせられることになるじゃない。それがわかってたから、彼《かれ》は逃《に》げたかったんでしょ」

そうかも。


西口くんは、それからぱったりと学校に来なくなった。

ピアノのほうが忙《いそが》しいのか、それともあのことがあったからか。

合唱部は、しばらくピアノなしで練習していたようだったけれど、他の伴奏者《ばんそうしゃ》を見つけたようだ。

リズムも、合唱のノリも、強弱も、なんとなく前のほうがよかったなと思う。

音楽のことはよくわからないけれど、西口くんがうまかったんだ。

きっと合唱部もそう思っているだろうけど、もう西口くんが戻《もど》ってこないと、見切りをつけたんだろう。

いなければいないで、それなりにまわっていく。いやなのに、どうしてもしなきゃならないことなんて、世の中にはないんだ。

家で姉は、まだ毎日母ともめていて、そんなに言うなら、塾《じゅく》だけじゃなくて、学校にも行かないからね、と母をおどしている。

だったら、行かなきゃいいんだ。西口くんみたいに。


「見て！　生まれたよ」

ある日、第二理科室に入っていくと、先に来ていた石川さんが、振《ふ》り向《む》いて声をかけてきた。

急いで窓際《まどぎわ》の水槽《すいそう》に駆《か》け寄《よ》る。

「ほんとだ！」

白っぽい小さな生き物が一匹《いっぴき》、水槽の底に沈《しず》んでいた。

サンショウウオだ。

上から見るとメダカのようだが、近づいてみると、頭と胴《どう》の間に、ひらひらと羽のようなものが生えているのがわかる。

外エラだ。

フリルのついた大きな襟《えり》のようにも見える。

かがんで水槽のガラスごしに見ると、一匹と目が合った。

大きな口の上の両側にちょこんとついた黒い目。かわいい。

前に見た写真と同じ形だが、実物は迫力《はくりょく》が違《ちが》う。

それに、何より、私《わたし》たちが育てたのだ。

私たちが毎日水を汲《く》み置《お》いて、毎日半分ずつ水替《みずか》えをしてきた。

そして生まれた。

感動だ。

メダカのように速くはなく、ずっと止まっていて、ときどきゆるっと動く。そこがまたのんびりしていて、かわいい。

「なんて名前にしようか？　一番だから、いちのすけとかどう？　いいかんじでしょ」

石川さんははしゃいでいる。

「いいけど、でもメスかもしれないし……。オスかメスかどうやってわかるの？」

「さあ、知らない。たしかに、この子どっちなんだろう？」

「どうしたの？」

いつの間にか弓削《ゆげ》さんが入ってきて、後ろからのぞいている。

「サンショウウオが生まれたんだよ。それで名前をつけようかと思うんだけど、オスかメスかわかんないんだ」

振《ふ》り返《かえ》って、にこにこと報告《ほうこく》する石川さんに、弓削さんは冷たく言う。

「名前つけても、あとから何匹《なんびき》も生まれるんだし、どうせ、どれがどれだかわかんなくなっちゃうよ」

「でも最初に生まれたのが一番大きいし」

「ある程度《ていど》成長したら、もうだいたいみんな同じ大きさになって止まるよ」

たしかにそうだ。

石川さんも、うっ、というような顔をした。

でもうれしそうに話しつづける。

「今日からはもう、サンショウウオも、卵《たまご》をアルコールに漬《つ》けなくていいんだよね」

「うん。一応《いちおう》、ノートでは、そういうことになってる」

弓削《ゆげ》さんもうなずく。

「でも、これ、最後、どうすればいいの？」

私《わたし》は、窓際《まどぎわ》に並《なら》ぶ試薬瓶《しやくびん》を指さした。

右から左に、濃度《のうど》が高くなっているが、毎日順番に左の瓶に移《うつ》しかえているので、いちばん左の濃度の高い瓶に、卵がたくさんたまっている。

「その次は、ノートには書いてないし……」

「じゃあ、もう放っておいていいんじゃないの？　トモちゃんじゃ、どうせ聞いたってわからないし、講師《こうし》の先生ならよけいだよ」

石川さんが言う。

あの後、虎崎《とらさき》先生の代わりに外部の先生が二人、講師《こうし》として来た。でも、どちらも授業《じゅぎょう》が終わればすぐ帰ってしまう。実験なんかは一切《いっさい》しないで、黒板に向かって授業をするだけだ。器具がどこにあるかなんて、きっと知らない。

「虎崎先生は、もう来ないのかな」

「来ないってうわさだよ。最初はちょっと帰って引継《ひきつ》ぎするつもりだったみたいだけど、なんか、アメリカでの手続きに行《い》き違《ちが》いがあって、戻《もど》れなくなったらしい」

石川さんの言葉に、ため息が出た。

「生物部は、ずっとこのままってこと？　それって部活なのかな」

ここに集まって、水を替《か》えてるだけだったら、集まって話をしているだけの姉のところの美術部《びじゅつぶ》と、あまり変わらない。

「たしかにそうだよね……何か実験したいよ。自分の手で」

珍《めずら》しく弓削《ゆげ》さんも、弱気な言葉を吐《は》いた。

「そうなの？　あたしは、今でも楽しいけどな。水替え。金魚すくいみたいで」

石川さんは反対にうきうきと、水槽《すいそう》を両手で持って、流しに移動《いどう》する。そのまま手を水につっこんで、オタマジャクシをすくい、汲《く》み置《お》きのバケツの水に入れていく。

弓削さんが家から持ってきたやつだ。

そして、ぜんぶ入れてしまったら、今度は水槽《すいそう》の水を半分出し、バケツの水とともに、オタマジャクシを戻《もど》す。

オタマジャクシは何匹《なんびき》か水といっしょに水槽に戻るけれど、バケツに残っているのもいて、それを石川さんはまた手ですくって、戻していく。

私《わたし》たちはそれを見ているだけだ。手伝っても、なかなかうまくいかないからだ。両手の間に水といっしょにオタマジャクシを入れても、オタマジャクシだけするっと抜《ぬ》けて逃《に》げてしまう。でも、石川さんは上手《じょうず》だ。なのでつい任《まか》せてしまうことになる。

カエルの卵《たまご》はもう、ぜんぶオタマジャクシになってしまっている。後ろ足も両方出ている。いったい何匹いるんだろう。うじゃうじゃとうごめいていて、少なくとも四十匹はいる。人によっては、これも気持ち悪いと言うかもしれない。でも、なんか、それぞれがんばって生きてるなっていう感じがする。

「あ、こいつ、前足が生えてきたよ」

石川さんは、手にすくった一匹を私の目の前にかかげた。

「ほんとだ」

丸い頭の根元に、小さい「く」の字になった手、つまり前足がのぞいている。よく見なければ見えないほど細いが。

「左だけだ」

「ほんとだ。右だけの子はいないのかな」

私《わたし》と石川さんが騒《さわ》いでいると、弓削《ゆげ》さんがつぶやくように言った。

「前足は左から出るんだってよ。昨日ネットで調べたら、そう書いてあった。オタマジャクシのエラは一個《いっこ》で、左にだけついていて、エラの穴《あな》から出せるから、早いんだって」

「へえ！」

さすが弓削さんだ。気づいて調べてたなんて。

「じゃあ、右足はどこから出るの？」

「皮をやぶって出るんだって」

「へえ、エラ、一つなんだ。こっちは二つなのに」

思わずもう一つの水槽《すいそう》の底にいるサンショウウオを見る。

サンショウウオの外エラは、顔の両側でひらひらしている。

「でも、オタマジャクシのエラの穴なんて、どこにあるかわかんないね。だいたい、全身まっくろだし」

「そうだね。どうせまっくろだね」

私は、石川さんの言葉の調子になんかおかしくなって、ふふっと笑った。

石川さんもはははっと笑う。

「そうかな。ここにちょっとへこみがあるよ」

弓削《ゆげ》さんは笑いもせずに、オタマジャクシを指さす。

たしかに、まだ前足の出ていないオタマジャクシの頭の左側に、ちょっとくぼみがあった。光の当たりぐあいで、見えなかったようだ。

なるほど、とは思う。でもなんか、いっしょにあははと笑いたかった。

弓削さんにとっては、くぼみがあるということを指摘《してき》するのは、とっても大事なことだったのかもしれないけれど、私《わたし》としては、タイミングとしていっしょに笑ってほしかった。おおげさかもしれないが、三人の絆《きずな》みたいなものを感じたかった。

「弓削さんって、ま・じ・め」

石川さんも冗談《じょうだん》めかしてそう言う。きっと同じ気持ちだったんだろう。

「私、そんなにまじめじゃないよ」

弓削さんは冷たく言ってから、オタマジャクシの水槽《すいそう》をながめる。

「足が出たら、準備《じゅんび》すべきだって、書いてあったよ。昨日調べたサイトでは」

「準備？　なんの？」

「両生類は、肺《はい》ができたら、上陸するでしょ。後ろ足だけじゃなくて、前足も出たら、陸地を作ってやらなきゃ」

「あ、そういうことか！」

石川さんが、わかった、と手をたたく。

「砂利《じゃり》があればいいんだね。それで坂になるように、底をななめにするってこと」

うん、と弓削《ゆげ》さんはうなずいてから、なおも続ける。

「手足が出たら、飛びだすかもしれないから、水槽《すいそう》にかける網《あみ》がいるよね」

「あ、そうか……」

いろいろ、いるものがあるんだ。

「どうしよう、トモちゃんに頼《たの》む？」

そうするしかないような気がする。

「それから、餌《えさ》もいるよね。今までは、死んだ卵《たまご》なんか食べてたみたいだけど、それじゃ足りなくなる」

「そっか、餌か。じゃ、金魚の餌も買ってもらおう」

「金魚の餌じゃだめ」

弓削さんはぴしりと言った。

「どうして？」

石川さんは眉《まゆ》をひそめる。

「生《い》き餌《え》しか食べないから。生きてないと食いつかないんだって。カエルもサンショウウオも」

「生きてないとって、何を食べるの？」

「カエルは小さいハエとかカとか。サンショウウオは、ミミズとか」

「ハエ？　カ？　どうやってつかまえるの？　虫取り網《あみ》で？」

「ペットショップに売ってるらしいよ。生きたコオロギとか」

コオロギ！

それを生きたままやるわけ？

「ミミズの代わりは、ミルワームとか赤虫とかでいいらしい」

「ミルワームって何？」

「小さい虫。ペットショップに売ってるって。赤虫は、釣《つ》り道具《どうぐ》屋さんに」

「つまり、生きてるの？　生きたまま食べさせるの？」

「うん」

「かわいそう……」

石川さんは、やっぱりもう泣きそうな顔になっている。生きたまま食べられるところなんて、石川さんにしたら、見ていられないんだろう。

弓削《ゆげ》さんはなおも平気で話を続ける。

「まあ、オタマジャクシは尻尾《しっぽ》がなくなるまでは、餌《えさ》を食べないらしいし、その後も、生き《い》餌《え》は二、三日にいっぺんあげればいいらしいから、まだ時間はあると思うけど、それでもやっぱりいるのはいるでしょ。トモちゃんは、器具のある場所は知らないかもしれないけど、生物部にも予算はあるはずだから、買ってくださいってトモちゃんに頼《たの》むしかないよね。それから、水槽《すいそう》にかける網《あみ》もないと、困《こま》るよね」

それは、たしかにそうかも。

虎崎《とらさき》先生がもう来ないのなら、トモちゃんと交渉《こうしょう》してなんとかしなければならない。

でも、生き餌《いえ》には、私《わたし》だって抵抗《ていこう》がある。

どう返事していいのかわからないでいるうちに、弓削《ゆげ》さんは続ける。

「それから、どうせ頼むなら、水替《みずか》えするのに、すくい網が、私たちの数だけあったほうがよくない？　今みたいに、手ですくってると、やたら時間かかるよ。それに、すくってるのは石川さんだけで、私たちはただ突《つ》っ立《た》って見てるだけっていうのは、非効率《ひこうりつ》だと思う」

この言葉に、石川さんが突然《とつぜん》顔色を変えて叫《さけ》んだ。

「つまり、生物部は、あたしが一人で遊んでるだけだったって、言いたいわけ？　二人ともあたしだけにやらせてたくせに、まるであたしだけが喜《よろこ》んでるみたいな言い方して。ひどい」

これ、ちょっとまずいんじゃないのか。

石川さんはいっしょうけんめいやってくれてたし、私たちはありがたいと思ってた

のに、どうしてこんなことになるのだ。弓削さんの言い方が、ちょっときつすぎる。

「あ、そういう意味じゃないから、気にしないで」

弓削《ゆげ》さんは、あわてもせず、話を続ける。

「特技《とくぎ》のある人だけしか働けないというのが、そもそも無駄《むだ》だって言ってるだけなんだよ。網《あみ》が三つあれば、それぞれが仕事できるでしょ。そのほうがお互《たが》いいいし」

石川さんは、眉《まゆ》をひそめてぷっとほおをふくらます。

弓削さんは正しいかもしれないけれど、石川さんは絶対納得《ぜったいなっとく》していない。

「生《い》き餌《え》のことだけどね……」

私《わたし》は、気まずくなった雰囲気《ふんいき》をどうにかしようと、口を開いた。

「カエルになっちゃったら、もう放してあげたらどうかな。そうすれば、網もいらないし、自分で捕《と》ってくれるから生き餌もいらないし……もう卵《たまご》の実験は終わっちゃってるわけだし」

窓際《まどぎわ》の棚《たな》に並《なら》んだ広口瓶《ひろくちびん》は、一番左の一つを除《のぞ》いて、みんな空っぽだ。

「それはだめ」

弓削さんがぴしりと言った。

「私もそう考えて調べてみたけど、いけないって」

「どうして？」

「生態系《せいたいけい》を変えることになるから」

生態系というのは、知っている。塾で習った。

生物のいる環境《かんきょう》のことだ。環境といっても、水や空気や土のことだけではない。虫が葉っぱの陰《かげ》に隠《かく》れるというような植物と動物の関係、食べたり食べられたりというような動物同士《どうし》の関係も入る。

「別にいいでしょ。だって、外来種ってわけじゃないんだし」

石川さんは言う。ほんとだ。よくニュースなんかで問題になっているミシシッピアカミミガメとか、ブルーギルとかじゃない。数は少なくなっているかもしれないが、どこにもいそうな、ただのカエルだ。もともと日本にいるカエルを、同じ種類のカエルがいる別のところに移《うつ》すだけなんだから、だいじょうぶなんじゃないのかな。

「だめ」

弓削《ゆげ》さんはぴしゃりと言う。

「その場所には、その場所の生態系があるから。数のバランスが崩《くず》れると、その生態系が壊《こわ》れてしまうおそれがある」

「じゃあ、虎崎《とらさき》先生が採《と》ってきた場所を聞いて、その場所に戻《もど》せばいいじゃない？」

私《わたし》は言ってみたが、弓削さんはまた首を振《ふ》った。

「それも調べてみた。だめ」

「だめなの？」

「うん。飼《か》ってるうちに、もし、何かの病気に感染《かんせん》してたら、戻《もど》した場所のカエルにうつって、そこのカエルが死んでしまうかもしれないから。カエルツボカビ症《しょう》って病気、知ってる？　世界中の両生類が、それに感染して大変なことになってるんだよ。ひょっとしたら、カエルだけじゃなくて、そのあたりのサンショウウオにだってうつるかもしれない」

「だいじょうぶだよ。だいいち、この子たち元気で、感染なんてしてないじゃない」

石川さんがぷっとまたほおをふくらませたところで、廊下《ろうか》から人が入ってくるけはいがした。

七　ついにばれた

「生物部さんたち、もういいかな。今日は校外で会議があって、ここ閉《し》めてから行きたいんだけど」

　トモちゃんの声がした。

「いつもごめんね、急がせて」

「いえ、だいじょうぶです」

　いつも愛想《あいそ》よくトモちゃんに対応《たいおう》してくれる石川さんが、今日はふくれっつらでそっぽを向いているので、しかたなく私《わたし》が答える。

　弓削《ゆげ》さんは、待ってましたとばかりに、トモちゃんに駆《か》け寄《よ》る。

「先生。虎崎《とらさき》先生は、もう戻《もど》られないって本当ですか？」

「あ、虎崎先生ね……そうよね、あなたたちが一番、困《こま》ってるもんね」

　トモちゃんは、どうしようかなというように、腕《うで》を組んだ。

「ほんとはないしょなんで、ここだけの話にしておいてね。虎崎先生は戻られないことに決まったの。次の先生はもうお願いしてるんだけど、その方が来られるのは四月からなんだ。でも来られてから、生物部の顧問《こもん》になってくださるかを、あらためて聞くことになる。もしその方が引き受けられないなら、また職員《しょくいん》会議で考えることになるかななあ」

「じゃあ、とにかく四月までは、生物部の顧問はだれなんですか?」

「ま、あたしってことになるか、な。あくまで、仮《かり》だけど」

トモちゃんは、肩《かた》をすくめた。

「力不足はわかってるよ。でも、なんとかするつもりでは……」

「仮でも、生物部の顧問は顧問ですよね。足りないもの、部費《ぶひ》で買ってくれますか?」

弓削《ゆげ》さんは詰《つ》め寄《よ》る。

「も、もちろん。予算内なら……」

その勢《いきお》いに、トモちゃんはたじたじだ。

「私《わたし》たちがいるのは、水槽《すいそう》にかける網《あみ》一つ、すくい網三つ、陸地を作るための砂利《じゃり》、それからあと生きたコオロギか、ミルワームなんです」

「生きたコオロギ?」

「ええ。ペットショップに売ってるはずです。ミルワームも」

「ミルワームって何?」

「虫です。生きた虫」

ひっ、とトモちゃんは口を両手で覆《おお》う。

「あ、ムリ、ムリ。あたしムリ。そんなの買えない」

「買えなかったら、お金ください」

「いや、生徒にお金渡《わた》すのは……できないことになってる」

「じゃあ、カエルが死ぬしかありません」

「ああ……だから職員会議《しょくいんかいぎ》でいやだって言ったのに。他に理科の先生がいないからって、あたしの係ってことになっちゃって。だいいち、文化祭のカエルの解剖《かいぼう》なんて、どうすればいいのか……」

「カエルの解剖?!」

石川さんが大声を上げた。

ついに知ってしまった。私《わたし》と弓削《ゆげ》さんは、思わず顔を見合わせた。

「そうなのよ。この学校の伝統行事《でんとうぎょうじ》らしくて、ここで飼《か》ってるカエルを使って、みんなの前で生物部が……」

「そんな、ひどい！　つまり、この子たちを解剖するってことですか？　いっしょうけんめい育てたこの子たちを！」

石川さんは、水槽《すいそう》を指さす。

「そんなこと、あたしできません！」

「そうよね。できないわよね。かわいそうよね」

トモちゃんはうれしそうだ。

「だったら、職員会議《しょくいんかいぎ》でかけあってみるよ。生物部もいやがってるから、文化祭ではカエルの解剖《かいぼう》なしにしましょうって」

うんうん、と石川さんはうなずく。

しかし、弓削《ゆげ》さんはくいさがる。

「いいえ、私《わたし》はやりたいです。やってみたいです。実験というのは、自分の手でやるから意味があるんです。本で見ただけじゃ、だめなんです。新しい発見がなくても、じかに経験《けいけん》することが次につながるんです。明日の科学のためなんです」

「……あ、生物部の中でも意見が違《ちが》うのか……」

トモちゃんは、一瞬《いっしゅん》残念そうな顔になったが、それでも先生だから、どちらかに肩《かた》入れしてはまずいと思ったのだろう。

「じゃあ、みんなで相談して生物部としての意見をまとめておいて。まだ文化祭まで時間あるし。それじゃ今日はもう、理科室閉《し》めていいかな」

「あの、水槽《すいそう》の網《あみ》一つ、すくい網三つ、陸地を作るための砂利《じゃり》、それからあと生きたコオロギか、ミルワーム、っていうのはどうなるんでしょうか？」

「そ、そうね。どうしよう。水槽《すいそう》の網《あみ》とすくい網は、あたしが買っても……けど……あたし、虫だめなんだよね。ほんとだめ。震《ふる》えちゃう。どうしよう……」

でも、それじゃカエルはどうなるのだ、と私《わたし》はふと思った。

生き餌《え》をあげないで死ぬのと、解剖《かいぼう》で死ぬのと、違《ちが》いがあるんだろうか。

今までそんなこと、考えたこともなかったけど。

「じゃあ、虫のほうは、私たちが買ってきます。お金は立《た》て替《か》えます」

弓削《ゆげ》さんが言うと、トモちゃんはちょっとほっとしたような顔になった。

「申《もう》し訳《わけ》ないけど、そうしてくれる？　領収書《りょうしゅうしょ》に学校名を書いてもらってくれれば、予算内なら、お金は出せると思う」

「はい」

弓削さんは、頭を下げた。

とんでもないことになった。

どうしたらいいのか。何と言ったらいいのかわからず、私はみんなといっしょに廊《ろう》下《か》に出て、トモちゃんがカギをかけるのを、ぼうっと見ていた。

トモちゃんが行ってしまうと、弓削さんがさっそく切りだした。

「今度の土曜か日曜、どっちがいい？　ペットショップはうちの近所にもあるけど、みんなで行くなら、学校の最寄《もよ》り駅で待ち合わせて、その近くで買ったほうがいいかなって」

「……私《わたし》はどっちでもいいよ」

私は言ったのに、石川さんはだまっている。

「石川さんの都合は?」

弓削《ゆげ》さんが聞く。

石川さんはだまったまま、ふんとななめ横を向いた。

「いつがいい?」

石川さんは顔を上げて、弓削さんをにらんだ。

「びっくりしなかったってことは、弓削さんは、解剖《かいぼう》のこと、知ってたの?」

やっぱり。すごく怒《おこ》っている。

「弓削さん、知っててだまってたの? 自分がやりたいから? 文化祭に行ってないってうそついて、知らん顔して、いっしょに生物部に入ったの?」

「そんなわけじゃないよ。ほんとに文化祭には行ってないし、解剖のことは、かなり後まで知らなかったし」

「じゃあ、いつ知ったの? どうしてわかったの? あたしの周りの子は、文化祭で何があったのって聞いても、さあねって、教えてくれなかったよ。今になってわかったよ。とっても言えなかったんだよね。か……か……」

石川さんは口ごもる。解剖《かいぼう》という言葉も言いたくないんだろう。

「ひどい。育てたカエルなのに」

もうしっかり、涙声《なみだごえ》だ。いや、声だけじゃない。目には光るものがある。本当に泣いている。

「里山さんも知ってたの？」

ああ、私《わたし》にまわってきちゃった。

でもうそをつくわけにはいかない。それじゃ、弓削《ゆげ》さんだけのせいになってしまう。

「知ってた……。クラスの子が教えてくれて、私が、弓削さんに言った」

「ひどい！　じゃ、どうしてそのとき、あたしに言わなかったの？」

石川さんは、ばんばんと足踏《あしぶ》みをする。

「あ……きっといやがるだろうなって思って……」

私が言葉をやっとひねり出すと、石川さんは、ふん、と鼻をふくらませた。

「あたしだけ、のけものにしてたってこと？」

「違《ちが》うよ……でもショック受けるかなって……」

「つまり、隠《かく》してたってわけ？」

そのとおりだ。

言ったほうがよかった。

でもわざわざ言って、おおごとになったらいやだなという気持ちがあった。

つまり、私《わたし》は逃《に》げたんだ。非難《ひなん》されてもしかたない。

「ごめん……」

「知ってたら、生物部に入らなかったのに。絶対《ぜったい》入らなかった。ぜーったい！」

石川さんが足踏《あしぶ》みをしながら叫《さけ》んだのに、弓削《ゆげ》さんは、平然と言う。

「でも、私たちが知ったのは入った後だから、もしそのとき言ってたって、結果は同じだよ」

この言葉が、石川さんの怒《いか》りに火をつけた。

「同じじゃない。ぜんぜん違《ちが》う。もうあなたたちみたいな冷たい人とは、いっしょにやっていけない」

石川さんはくるりと向きを変えると、走っていってしまった。

どうすることもできなくて、私も弓削さんも、ただその後《うし》ろ姿《すがた》をぼうっと見ていた。

「まずかったね。もっと早く、言うべきだったね」

弓削さんがつぶやく。

弓削さんでも後悔《こうかい》することがあるのか。いつでも自信たっぷりなのに。

「解剖《かいぼう》やめてくださいって、トモちゃんに頼《たの》んだらいいんじゃないかな？」

私《わたし》は、そう言ったが、弓削《ゆげ》さんは首をかしげた。

「それってどうかと思う……」

「どうかと、って？」

「見なければなかったことになるのか、ってこと」

「え？」

「どっちにしても、もう採《と》ってきちゃったんだから、返すわけにいかないでしょ。あのオタマジャクシたちは、いずれ、ここで死ぬしかないわけだよ。それなら、役に立つような使い方してあげなきゃ」

返すわけにいかない……。

アジの解剖のことも。あれは市場で買ってきて、どうせ食べるものだからいいということになっていたけれど……。

「だって、考えてみて。文化祭の解剖を見て、獣医《じゅうい》さんになりたいと思う人だっているかもしれないし、お医者さんになりたいと思う人もいるかもしれない。生命科学の研究者になりたいと思う人もいるかも。中には、カエルの保護《ほご》や、環境《かんきよう》保全《ほぜん》に尽力《じんりよく》するようになる人もいるかも。見せるということは、決して悪いことじゃない」

「でも……残酷《ざんこく》だし……」

「科学には、どうしたって残酷《ざんこく》な面がある。それは事実には残酷な面があるからで、科学のせいじゃない。カエルが生きた虫を食べるというのも事実だし、気に入らないからって、ないことにはできない」

私《わたし》は、下を向いた。

たしかに弓削《ゆげ》さんの言うとおりかもしれない。

でも、石川さんの気持ちもわかる。

もし、解剖《かいぼう》が「絶対《ぜったい》に」役に立つとわかっていれば、賛成《さんせい》できるのにな、と思った。

本当に役に立つのかどうなのか。

そういう人がいる「かも」だけでは、よくわからない。

でも、いるかもしれない。

現《げん》に、私だって今、いっしょうけんめい考えている。

解剖は、いいのか悪いのかって。

あのオタマジャクシや、サンショウウオを、いったいどうしたらいいのかって。

生き物を、それが自然にいる場所から採《と》ってくるということは、どういうことなのかって。

それから、石川さんは、ぱったりと水替《みずか》えに来なくなった。

オタマジャクシは、もう足が四本出ている。尻尾《しっぽ》はあるが、短いのもある。サンショウウオは五匹《ごひき》、生まれていた。

私《わたし》と弓削《ゆげ》さんと二人で、水槽《すいそう》に手をつっこんで、オタマジャクシと、サンショウウオの幼生《ようせい》をすくった。すくったつもりでも、水といっしょにつるつると流れてしまう。制服《せいふく》をびしょびしょにぬらしながらも、いつもの倍ぐらいの時間がかかった。

しばらくして、トモちゃんが網《あみ》を持ってきてくれて、やっとうまくいった。まるで決して破《やぶ》れない金魚すくいのモナカの皮みたいに、オタマジャクシは白い網の中に一度に十匹ぐらい入って、音符《おんぷ》みたいに黒々うごめいている。

サンショウウオの幼生は、一匹ずつすくわれて、網の上で尻尾を左右にゆらす。このゆらし方がかわいい。

さっさと終わって、制服もぬれなかった。

たしかに、すくうのが上手《じょうず》じゃない人ばかりなら、網は必要だ。弓削さんは正しかった。でも、この網のことが、石川さんを怒《おこ》らせた原因《げんいん》の一つだったわけだ。

「とにかく、もう、生《い》き餌《え》を買いにいかなくちゃ。今度、土曜日の十時に駅前集合でいい？」

弓削さんの言葉にうなずいた。好ききらいにかかわらず、生き餌は必要だった。

金曜日の放課後、私《わたし》は石川さんのクラスに行ってみた。

SNSのアドレスは一応《いちおう》、最初に交換《こうかん》していたが、まだ一度もメッセージを送ったことがなかった。でもけんかしているのだし、メッセージより、実際《じっさい》に会ったほうがいい。

廊下《ろうか》から、そっと中をのぞいてみる。

石川さんは、窓《まど》の近くの席で、カバンに荷物を入れていた。

ふと目が合うと、口をへの字に曲げて、すごくいやな顔をされた。

まあしかたないだろう。

しばらくそのまま入口で待っていると、カバンをかかえた石川さんが出てきた。それでも向こうから声をかけてくる。

「何か、用?」

「うん……明日ペットショップに行くから、駅前で待ち合わせって、知らせにきた」

「弓削《ゆげ》さんも行くの?」

「うん」

石川さんは、廊下の壁《かべ》にもたれて立った。唇《くちびる》はへの字のままだけど、これは、ちょっと話をしてもいいという意味かも。でも口から出た言葉はきつかった。

「あたしね、あの人きらい」

話がとぎれる。波がない。

しょうがない。こっちから波だ。

「あのね、おととい、トモちゃんが、いろいろ買って持ってきてくれたんだ。陸地を作るための砂利《じゃり》もあったんだけど、どうやって作るのが一番いいかなって思って、まだやってないんだ。石川さん来てくれたら、助かるけど」

返事はない。

「じゃあ、明日十時にね」

「行かないから、あたし」

石川さんは寄《よ》りかかっていた壁《かべ》から背中《せなか》をはがすと、廊下《ろうか》をすたすた歩いていってしまった。


土曜日の朝、何を着ていこうかと考えたが、制服《せいふく》で行くことにした。

でも駅前で待っていた弓削《ゆげ》さんは、私服《しふく》だった。だぼっとしたパンツに、ビッグなTシャツで、高校生のように見えた。私《わたし》の姿《すがた》を見て、駆《か》け寄《よ》ってくる。

「おはよ」

「石川さんも一応《いちおう》、さそったけど、来ないって」

「そう。この前、けんかしちゃったからね」

——あたしね、あの人きらい

石川さんの声が耳に響《ひび》く。あんなにあからさまに、石川さんにきらわれているのを知らないんだ。でも言うわけにはいかない。

弓削《ゆげ》さんは歩きだした。

「調べたらね、そこのサン・ショッピング街の真ん中あたり、左側にペットショップがあるんだ」

いつものように、ちゃんと調べてくれたんだ。

「ペットショップって行くの、実は初めてなんだ」

私《わたし》が言うと、弓削さんは、私も、と言った。

「うちはペットどころじゃないし。おかあさんだけで、せいいっぱい」

弓削さんは笑う。おかあさんのことが大変らしいというのはわかるけれど、いっしょに笑っていいのかどうなのか。ちょっと困《こま》る。

とりあえず困ったときは、自分の話をするのが一番いい。

「うちはマンションの規約《きやく》で、ペット飼《か》えないんだ。金魚ならいいらしいけど、うちのおかあさん、金魚は表情《ひょうじょう》がないって、きらいなんだ」

話しているうちに、商店街の真ん中あたりまで来る。

「ここだ」

ペットショップの大きな看板《かんばん》の下に、透明《とうめい》の自動ドアがあった。

透明ドアの正面に、お知らせ、と書いた大きな紙が貼《は》ってある。

――当店では、動物愛護《あいご》の観点から、犬・猫《ねこ》につきましては、生体展示《てんじ》をやめました。その代わり、里親様の募集《ぼしゅう》のご紹介《しょうかい》をいたしております。お写真を用意しておりますので、お気軽に店員にお声かけください
「どういう意味なんだろう？」

「犬と猫が入っているケージは置いてないって。保護犬《ほごいぬ》や保護猫の里親になりたい人は、写真を見てくださいって」

弓削《ゆげ》さんが解説《かいせつ》してくれる。

ドアが開くと、細長い店内の右側にガラスの水槽《すいそう》が、左側にペット用品が並《なら》んでいた。

ペット用品の脇《わき》に、大きなコルクの掲示板《けいじばん》があって、そこにたくさんの写真がピン止めしてある。

思わず近寄《ちかよ》ってながめる。

かわいい子犬や子猫の写真だ。

どの子も、目がきらきらしていて、毛もふわふわだ。

年取った猫の写真もある。こっちは、正直あまりかわいくない。毛もぼさぼさと硬《かた》

そうに立っている。ひねくれたような目で、カメラをにらんでいる。

——飼《か》い主《ぬし》さんが施設《しせつ》に入所したため、手放すことになりました。七歳《ななさい》です
そんな言葉が、書いてあった。

「子猫《こねこ》や子犬のほうが、人気あってね。こういう子はかわいそうよね」

後ろから声がしたので、振《ふ》り返《かえ》ると、白髪《しらが》の女性《じょせい》がにこにこと笑いながら、立っていた。緑のエプロンをつけているところをみると、きっとこの店の人だ。

よく見ると名札に「オーナー」と書いてあった。店主さんってことか。

「みんな見た目で選ぶもんね。でもしかたないね。だれだって、かわいい子のほうがいいから」

びっくりというより、やっぱりという感じがして、深くうなずけた。

「子猫の季節になると、それはもう、たくさん問い合わせがあるけど、なるべく小さい赤ちゃん猫が欲《ほ》しいって人が多くて。ここで扱《あつか》っているのは、この子みたいに飼い主さんが手放さなければならなかった場合もあるけど、だいたいはみんな、元は野良《のら》猫《ねこ》だったか、野良猫だった子が産んだ子でしょ。それに色とかも、好みがあるから、黒猫がいいとか、毛の長い子がいいとか、ね。いろいろあってなかなか合わないのよね」

私《わたし》はふと、オタマジャクシとサンショウウオの幼生《ようせい》を思いうかべた。

どっちがかわいいかと言えば、サンショウウオのほうだ。

それは、目が離《はな》れてて、口が大きくて、外エラが天使の羽みたいだからだ。オタマジャクシのほうは、ただ黒くてうごめいているだけで、てんでかわいくない。

「ちゃんと最後までお世話できますか、とか、飼《か》う場所はちゃんとしていますか、とか調べなきゃならないから、すぐにはマッチングできないわけ。そのうちに、子猫《こねこ》が大きくなっちゃったじゃないか、一番かわいい時期を逃《のが》してしまったじゃないか、と怒《おこ》る人もいてね」

「それは困《こま》りますね」

弓削《ゆげ》さんの応答《おうとう》はまるで大人みたいだ。今日は私服《しふく》だから、よけいにそう思う。

「そうなの。ずっと飼うって、大変なことじゃない？　だから、もうお年を召《め》して、この子たちの寿命《じゅみょう》まで生きていないかもしれないと思う方は、飼いたくても飼えないのよね。じゃあ、年齢《ねんれい》の高い子はいかがですかとおすすめしても、そういう子は、病気をすることも多いから、動物病院にかかえて連れて行くのも、大変だからっておっしゃって」

「難《むずか》しいんですね」

「そう。みんなが責任《せきにん》を感じれば感じるほど、ペットは人から遠くなって、ペットショップも経営《けいえい》が大変になるわけ。うちなんて、ほんともうからなくって。後さき考えずに、かわいいですよ、って売ってればもうかるのにね。そういうお店もあるけど」

オーナーさんはちょっと肩《かた》をすくめながら、笑った。

「それで、お嬢《じょう》さんたち、今日は何のご用?」

「実は……」

弓削《ゆげ》さんが要領《ようりょう》よく、生物部のことと、トモちゃんのことを話す。

「あら……先生が……」

と、オーナーさんは、さもおかしそうに笑った。

「いらっしゃるわ、虫がだめな方。だめっていうのは本当にだめなのよね。ありますよ、カエル用のコオロギ。カエル、外国ものだけど、うちにもあるから」

指さす先には、水槽《すいそう》があった。

「見ていいですか?」

「もちろん」

三分の二ぐらいが陸になっている水槽の中には、こぶしぐらいの大きさのカエルがでんと座《すわ》っていた。見たことのないまだら模様《もよう》で、色も黄色と黒で、とっても派手《はで》だ。どっしりした感じが、ＳＦ映画《えいが》に出てくる怪物《かいぶつ》みたいだ。けっこうな値段《ねだん》がついている。

「サンショウウオは、うちでは扱《あつか》ったことはないけれど、これと似《に》てる?」

棚《たな》の下のほうのミニ水槽《すいそう》は、水が上までしっかり張《は》ってあって、底にピンクの金魚みたいなものが沈《しず》んでいた。いや、金魚というか鯉《こい》みたいな。大きくて、削《けず》っていない鉛筆《えんぴつ》ぐらいの長さはある。

でも、しゃがんで正面から見ると、離《はな》れた目、大きな口、天使の羽のような外エラが見えた。小さい足が四本出ている。五センチぐらいだ。

「あ、これ！　これです！」

思わず声が出た。

弓削《ゆげ》さんも珍《めずら》しくはずんだ声を出す。

「ほんとだ！　いっしょだ！　外エラも尻尾《しっぽ》も。うちのはまだ足が生えてないけど」

弓削さんが「うちの」と言ったので、私《わたし》はちょっと驚《おどろ》いた。

石川さんと違《ちが》って、弓削さんはいつも淡々《たんたん》としていて、しなければならないことを、義務《ぎむ》でやっているように見えた。実験以外はおもしろくないと思ってるのかなと思っていたのに、生物部のことを「うち」って言うなんて。

それならもっと、石川さんにやさしくしてあげたらいいのにな。石川さんもそんなに弓削さんをきらわなくてもいいのに。

「これはね、ウーパールーパーという名前で、昔すごくはやったのよ。この顔がなんともいえずかわいいって、マスコットになったり、Tシャツの絵になったり」

「へえ！」

理科室のサンショウウオは、私《わたし》たち以外、かわいいなんて思わないようだけれど。やっぱり、色がいいからだろうか。

「私たちのは、こんなピンクじゃなくて、黄土色なんです」

私が言うと、弓削《ゆげ》さんもうんうん、とうなずく。

「あら、ウーパールーパーにもそんな色のがあるわ。うちにはピンクしか置いてないけど」

「これも何かの幼生《ようせい》なんですか？」

「そう。正式名称《めいしょう》はメキシコサラマンダーというの」

オーナーさんは、レジの裏《うら》あたりの本棚《ほんだな》から、図鑑《ずかん》のようなものを取りだしてきた。

「ほら、これが成体」

「わ、サンショウウオだ！」

弓削さんと私が、同時に叫《さけ》んだ。

前に虎崎《とらさき》先生に見せてもらった大人のサンショウウオとそっくりだ。外エラが落ちている。

「そうなのよ。別名メキシコサンショウウオともいうそうよ。だけど、ウーパールーパーは、幼生の形のまま、卵《たまご》を産むこともある」

「え？　成体にならないで、ですか？」

「そう、上陸しないでずっと水の中ということもある。だから、ペットにもしやすいの。でも、どういう具合か、ふいに成体になることもあるらしい」

へえ、と思わず弓削《ゆげ》さんと顔を見合わせた。カエルや、日本のサンショウウオは、幼生《ようせい》のまま卵《たまご》を産むということはないはずだ。

「不思議ですね」

「そうなの。だから一応《いちおう》、まれに成体になることもありますよ、と説明してからお売りすることにしてるの。だって、かわいいと思って育てていて、成体になって形が変わってびっくりして、飼《か》うのいやだって思われてもね。捨《す》てるわけにいかないでしょ。

これは外国の生き物だから」

「そうですね。放したら、生態系《せいたいけい》を壊《こわ》してしまいます」

弓削さんの声に、うん、とオーナーさんはうなずいた。

「売るほうとしては、あまりやかましく言いたくないけど、まったくそうなのよ。こういうのも最後まで飼っていただかないとね。いらなくなったらそのへんに放すというんじゃねえ。ところで、うちの店では、このウーパールーパー用の餌《えさ》も売ってるんだけど……」

オーナーさんは、奥《おく》の棚《たな》から筒状《つつじょう》のボトルを出してきた。外側にウーパールーパーの絵が描《か》いてある。

「金魚の餌《えさ》みたいなやつで、乾燥《かんそう》してるから、使いやすいんだけど、成体になったメキシコサラマンダーは、この餌は食べないらしくて……」

「じゃあ、成体の餌は、何なんですか?」

「まあ入手しやすいのは、生きたコオロギかな」

そうか、やっぱり生き餌《いえ》になっちゃうのか。

「この餌と、あと一番小さいサイズのコオロギを、ちょっとだけ持っていってみる? カエルもいるみたいだから」

「はい」

弓削《ゆげ》さんはうなずいた。

「請求書《せいきゅうしょ》を書いてあげるから、先生に渡《わた》してくれればいいわ。前に、おたくの学校に納品《のうひん》したことあるから、やり方は、わかってるから」

つまり、ここで今、お金は払《はら》わないでもだいじょうぶということだ。一応《いちおう》、お金は持ってきたけれど、足りるのかなと心配だったのでほっとする。

オーナーさんは、小さいコオロギを、ドリンク用の透明《とうめい》カップみたいなものに入れてくれた。中には、キッチンペーパーがくしゃくしゃになって入っている。

「これは何ですか?」

弓削《ゆげ》さんが聞く。

「目隠《めかく》し。お互《たが》いが見えると、共食いしちゃうことがあるからね。もし、大きな虫かごを使うときは、紙の卵《たまご》パックかなんかあったら、それを入れるといいわ」

共食い……。

コオロギがコオロギを食べちゃうのか。カエルに食べられる前に。

なんかぞっとする。ほんと生き物って難《むずか》しい。

「わかりました」

弓削さんは、特にびっくりしたようすもなく、うなずいている。

「あとね、ウーパールーパーは水温が低いほうがいいの。きっとサンショウウオもそうじゃない？　暑いときは、氷なんか入れてあげてね。それから水替《みずか》えは頻繁《ひんぱん》にね」

「これどうする？　今日は学校、閉《し》まってるよね」

弓削さんが受け取ったカップを、目のあたりまで上げて見せる。

中では、キッチンペーパーの間を、アリより小さいコオロギが、ちょろちょろ走りまわっている。

「うん。たぶんね。学校に入れても、トモちゃんいないだろうし」

「うちはおかあさんは平気だけど、家政婦《かせいふ》さんが、外から一匹《いっぴき》入ってきただけで、大《おお》騒《さわ》ぎするんだ。こんなの持って帰ったら大変」

「あ、じゃあ、預《あず》かるよ」

私《わたし》は言いながら、考えた。ペット禁止《きんし》のマンションだから、うちでは生き物は飼《か》ったことがないけれど、でも、一晩《ひとばん》だけだし、きっとだいじょうぶだろう。

「ありがとう。助かる」

カップを受け取る。

「あ、蚊取《かと》りのリキッドなんて、置かないように気をつけて。虫だから」

「あっ、そうか、死んじゃうか。じゃベランダに置くか」

「うん、いいかも。でも、風で飛ばないようにね」

そんな話をしながら、商店街を抜《ぬ》けて、駅に向かう。

ホームで電車を待っていると、改札口のほうからやってくる人影《ひとかげ》に気づいた。

八　ゾンビ部員

背《せ》が高くて、猫背《ねこぜ》で、前かがみに歩いている。ポロシャツとチノパンだが、すぐにわかる。

西口くんだ。ピアノの。

「あ……」

弓削《ゆげ》さんもわかったようで、小さな声を上げた。

「だよね」

逃亡騒動《とうぼうそうどう》いらい、見るのは初めてだ。

西口くんのほうは、下を向いてつんのめるように歩いているので、気がつかないようすだ。

だんだん距離《きょり》が縮《ちぢ》まってくる。

声をかけたほうがいいか、通りすぎるのをだまって見守るか。どうしたらいいだろう。

弓削《ゆげ》さんと顔を見合わせる。

あと五十センチぐらいの距離《きょり》になったところで、ふと西口くんが頭を上げた。

「あ、生物部の……」

「うん」

西口くんは、立ちどまる。

「あのときは、ありがとう」

「たいしたことしてないよ、ね」

私《わたし》の言葉にうんうんと弓削さんもうなずいたところで、西口くんは、私の持っているプラスチックカップに目を止めた。

「それ何？」

「コオロギ」

「飼《か》うの？」

「違《ちが》うの。餌《えさ》。カエルとサンショウウオの」

「ふうん」

ちょっと沈黙《ちんもく》がある。でも、西口くんは、目を二、三度ぱちぱちさせて言葉を継《つ》いだ。

「ぼくも生物部に入ればよかったな。合唱部じゃなくて」

「そうなの？」

「うん。カエルとか、けっこう好きなんだ。でも、入学したとたん、音楽の先生に、君は当然合唱部でしょって言われて、うんて言ったのがうんのつき」

ダジャレみたいなことを言ってから、意外なことに西口くんは、ふふっと笑った。

狙《ねら》って言ったんだとわかった。こういうキャラクターだとは思わなかった。

「今年のコンクールの伴奏楽譜《ばんそうがくふ》は、転調が多くて、リズムも複雑《ふくざつ》でけっこう難《むずか》しいんだ。で、たぶん先生は、入学前からぼくを狙ってたんだよ。だから体験のときからすぐに、伴奏しなさいって言われて。ま、それでもいいかなと思った。小学校のときもそうだったけど、他の人が弾《ひ》くってなると、けっこう練習しなきゃならないから、なんか、気《き》の毒《どく》でしょ。ぼくなら楽譜見ればすぐ弾けるから、いつも弾いてあげてたし」

「なのに、あの日、だれかと、けんかしちゃったたってわけ？」

けんかしたのは知っていたし、相手も指揮者《しきしゃ》の人だとわかっていたけれど、聞いてみる。

西口くんはうなずく。また沈黙《ちんもく》がある。

「実は、私《わたし》たちも、今、けんかの最中なんだ」

弓削《ゆげ》さんが言うと、西口くんは、ちょっとびっくりしたように目を大きくした。

ちょうど電車が来たので、三人で乗りこむ。

ドアの近くに立った。

「どうしたの？　いっしょに楽しそうに水替《みずか》えなんかしてたのに」

西口くんが聞くので、私《わたし》は、事情《じじょう》をかいつまんで話した。

「へえ、解剖《かいぼう》か。弓削《ゆげ》さん、やりたいの？」

「うん。やってみたい」

「どうして？」

「理由は……たぶん一番は、自分が医者になれるかどうか、試《ため》してみたいんだろうと思う。もし解剖をやって気持ちが悪くなるなら、医者にはならないほうがいい。医学部に入ってから気がついたんじゃ、ぜんぜん遅《おそ》い。高校生でだって遅い。進路を決めなきゃならないから」

そうだった。弓削さんは、リーラに落ちて、医学部推薦《すいせん》のあるここに来た。医者になりたかったからだ。

それから、前にこんなことも言ってたっけ。

――解剖の実習は、医学生はみんなやるんだけど、中には、途中《とちゅう》で失神してしまう人がいるんだって

――自分がしたいことがあるんだったら、いやな部分があっても、乗《の》り越《こ》えなきゃ、

しょうがないよね

いつものように自信たっぷりに言い切っていたけれど、それでも、自分ができるかどうか、弓削《ゆげ》さんなりにいろいろ悩《なや》んでたんだ。

「なんか、わかるな。ぼくなんて、三歳《さんさい》のころから、毎日ピアノを弾《ひ》いてて、それは当たり前で、好きかとかきらいかとか聞かれたこともない。どうせ将来《しょうらい》は、音楽家になる道しか考えられないんだけど、他に選べるものはないんだけど、それでも悩みはいろいろあるよ。この前、指揮者《しきしゃ》の小宮山さんとけんかしたのは……」

いったん口ごもってから、西口くんは言葉を継《つ》いだ。

「ほんと、けんかする気なんか、ぜーんぜんなかったんだよ。小宮山さんは三年生で先輩《せんぱい》だし、去年も指揮者やってたっていうし、すごくみんなに慕《した》われてて、いい人だし。だから、ぼくはちゃんと、小学校のときみたいにおとなしく伴奏《ばんそう》をしようと思ってた。でも……」

「何かあったの?」

弓削さんが眉《まゆ》を寄《よ》せて同情《どうじょう》ぎみに、西口くんの顔をのぞきこむ。

「がまんできなかったんだ。本来、合唱というのは、指揮者がすべて決める。歌う人も、伴奏者も、指揮者の指示《しじ》に従《したが》わなきゃならない。テンポとか、強弱とか、フレージングとか、もっと大きく言えば、曲の解釈《かいしゃく》とか全部ね」

そうなんだ、とちょっとびっくりした。

小学校では、ピアノの音にみんなで合わせて歌ってたっけ。指揮《しき》の子もいたけど、その子ですら、ピアノに合わせて振《ふ》ってた。

あれは本来の姿《すがた》じゃなかったってことか。

西口くんは私《わたし》のけげんな表情《ひょうじょう》を見たのか、聞いてきた。

「ピアノ協奏曲《きょうそうきょく》って知ってる?」

「知ってるよ、オーケストラをバックに、ピアニストがピアノを弾《ひ》くやつでしょ」

答えたのは弓削《ゆげ》さんだ。

「あれって、どっちがどっちに合わせてると思う?」

西口くんはまた聞く。

「指揮者じゃないの?」

「違《ちが》うんだ。あれは、オーケストラと指揮者がチームを組んで、ピアニストと対決してるみたいなものなんだ」

「対決?　試合でもしてるの?　協力し合ってるんじゃないの?」

弓削さんの疑問《ぎもん》は、私も同じだ。

「もちろん、一つの曲を演奏《えんそう》するという意味では協力しているけど、綱引《つなひ》きをしているようなものなんだ。指揮者の頭の中にある音楽と、ピアニストの頭の中にある音楽が、車の両輪みたいに、力を持ってどんどん進んでいく。どっちかがどっちかにそろえてしまうと、音楽に厚《あつ》みがなくなってしまうし、どっちかが相手かまわず暴走《ぼうそう》すると、脱線《だっせん》する。お互《たが》いを意識《いしき》しながらも、自分の音楽を主張《しゅちょう》しなきゃならないんだ」

へえ、ピアノとオーケストラがいっしょにやっているところは、テレビなんかでちらりと見たことはあったが、水面下でそんなことをしているなんて、考えてもみなかった。

「合唱は違《ちが》うの？」

思わず、聞いてしまう。

「うん。あれは、オーケストラと指揮者《しきしゃ》の関係みたいなもんなんだ。全員が一つのチーム。指揮者が頭に描《えが》く音楽をみんなが指揮者の代わりに奏《かな》でてるわけ。指揮者がこうする、と言ったら従《したが》わなきゃならない。でも、小宮山さんの頭に描く音楽は、はっきり言えば、楽譜《がくふ》とも違う。まちがってる」

西口くんが、言い切ったので、私《わたし》はちょっとびっくりした。

でも、それはあるかもしれない。

小宮山さんは先輩《せんぱい》で、ずっと合唱部の指揮者だったかもしれないけれど、西口くんは、天才少年だ。西口くんからすれば、小宮山さんは、楽譜がよく読めないでまちがえる人なのかもしれない。

でも、ちょっと小宮山さんがかわいそうだ。あまりに実力が違《ちが》いすぎる。

「だったら、そう言えばいいじゃない？」

弓削《ゆげ》さんが言った。うん、と私《わたし》もうなずく。

「言ったよ。ちゃんとね。そうしたら、小宮山さんは、それは、自分の解釈《かいしゃく》だからいいんだ、指揮者《しきしゃ》は曲を解釈してもいいはずだ、と言《い》い張《は》ったんだ。たしかに、解釈で変えることのできる部分もある。でも、それは明らかなまちがいだったんだ。でもぼくは引き下がった。なぜなら、小宮山さんは指揮者で、ぼくは伴奏者《ばんそうしゃ》で、言うことを聞くべき立場だったから」

そうなのか。

なんだか難《むずか》しくてよくわからないけれど、この話を聞く限《かぎ》り、西口くんは、わがままを言ってたわけじゃなかったようだ。

「じゃあ、どうしてけんかになったの？」

弓削さんはずけずけと聞く。

「がまんできなくなったんだ。解釈だっていうのならまだいい。でも、小宮山さんは、そのときどきでAって振《ふ》ったり、Bって振ったりするんだ。だから、あの日、ぼくは、まちがっていてもかまわない、せめて、どっちかに決めてくれ、やりにくいから、と言った。言い方も悪かったかもしれないけど、小宮山さんが、うるさい、おれが指揮者だろ、って怒《おこ》って」

「そうなんだ……」

言い方がきつかったのかも。

というか、考えてみれば、弓削《ゆげ》さんと石川さんのけんかも、同じようなものだ。弓削さんは、何が正しくて何が正しくない、と考えるタイプだけど、石川さんにとっては、そのときの気持ちが一番大事だ。

正しいことが大事な人と、気持ちが大事な人。

こういう人たちは、永遠《えいえん》に話がかみあわないのかも。

「でも、って考えたんだ。しばらく学校に行かないでいるうちに」

と、西口くんは、遠くを見るような目をした。すごく賢《かしこ》そうに見える。下向いてぽたぽた歩いているときは、変な人にしか見えないけど。

「つまりね、小宮山さんが悪いんじゃなくて、ぼくが、人に指図されて弾《ひ》きたくなかったんだなって。弾くなら、人に合わせるんじゃなくて、一人で演奏《えんそう》するか、協奏曲《きょうそうきょく》のようなやり方じゃなきゃ、だめなんだなって。だからがまんできなかったわけで、決して、小宮山さんのせいじゃないなって」

うんうん、と弓削さんはうなずいた。

「それ、わかるよ。わかる……自分の中に、強くて譲《ゆず》れない部分があると、どうしても、人とうまくやっていけないんだよね」

「うん、うん。そうなんだ。ぼくに絶対《ぜったい》こう弾《ひ》きたいという気持ちがなかったら、がまんできたと思うんだけど」

「そう。これはこうだ、って言うと、たいていの人はなぜか怒《おこ》っちゃう」

と、弓削《ゆげ》さんが笑ったところで、電車が駅に着いた。弓削さんの最寄《もよ》り駅だ。

「じゃね」

弓削さんは手を振《ふ》って、降《お》りていった。

私《わたし》と西口くんの二人だけになった。

「……西口くん、合唱部には、もう行かないの？」

「うん。行きたくない……正直、もう、伴奏《ばんそう》したくない」

「じゃあ、行かないでもいいんじゃない？　伴奏はだれかが、してるみたいだし」

「ほんと？　だれかやってくれてる？　先生じゃなくて？　どうなってるのかなって、気になってたんだ。それなら、安心だ」

西口くんの声が明るくなる。

「私は、今の伴奏の人より、西口くんのほうがうまいような気がするんだけど。もったいないよ」

「そんなことはどうでもいいんだ。うまいの下手《へた》だのなんて評価《ひょうか》、ぼくはもう小さいときからあきあきしてる。学校に来てまで言われたくないし」

西口くんは笑いながら、私《わたし》の手にしたコオロギに目を止める。

「やっぱ、生物部に入ればよかったな。いや、違《ちが》う。ピアノに関係ないとこなら、何でもよかった。そうしたら、人とけんかすることはなかったよね」

次の駅に着く。

「じゃあ。ピアノの先生の家がここなんだ」

西口くんは言って、降《お》りていった。

部活ってなんだろうな、と私はその後《うし》ろ姿《すがた》を見ながら、考えた。

得意《とくい》なこと、やりたいことで選ぶのがいいような気がしていた。

でも西口くんは違った。

得意なことでないほうが、かえってみんなとやっていける、なんて言っていた。

弓削《ゆげ》さんと石川さんは、どっちも生物が好きで生物部に入った。だけど、好きな方向が違いすぎる。弓削さんは科学に興味《きょうみ》があったんだし、石川さんは生きているものがかわいいと思っている。

声にならないため息をついて、私はコオロギのカップをながめた。

ちょろちょろと小さい虫が、キッチンペーパーのひだの間で、うごめいていた。

人間も、見えたら共食いしちゃうんだ。本当に食べるわけじゃないけど。

お互《たが》い離《はな》れることにして、あんまり見ないほうがいいのかも。

弓削《ゆげ》さんと石川さんも。

西口くんと、指揮者《しきしゃ》の人も。


家の中ではいつものけんかが起きている。

もううんざりだ。

母と姉も、お互い見なけりゃいいのに。でも家族だからそういうわけいかないんだ。

日曜日一日中、自分の部屋にこもって過《す》ごし、コオロギを持って、学校に行った。

教室に入りかけて、びっくりする。

西口くんが来ている。

「おはよう」

私《わたし》が席に着こうとすると、気づいて向こうから声をかけてきた。ちょっとほっとする。

不登校が絶対《ぜったい》によくなくて、みんながみんな学校に来たほうがいいとは思わないけれど、でもやっぱり来てくれたほうが、こっちもなんだかうれしい。

「里山さん、この前のコオロギ持ってきたんだね。カエルにやるの？」

「うん。サンショウウオはまだ大きくなってないから」

「今日、ぼくもいっしょに生物部に行っていい？　カエルが食べるとこ見てみたい」

「え？　ほんと？　気持ち悪くない？　生きたままなんだよ」

「だって、外に放したって、どうせ生きた虫を食べるんだよ。見えるか見えないかの違《ちが》いじゃない？」

弓削《ゆげ》さんもそう言ってたな。

でもできれば、見たくないのが、私《わたし》の本音かも。


放課後、西口くんといっしょに、第二理科室へ行った。

「西口が来た！」

階段《かいだん》を上がって廊下《ろうか》に出たとたん、合唱部の子が見つけて騒《さわ》ぎだした。

「西口くーん、帰ってきてくれたんだ」

二年生ぐらいの女子が、かたまって走ってくる。

「あ、でも、ぼくはもう、合唱部には行かないんです。すみません」

西口くんが頭を下げたところを見ると、やっぱり上級生だったんだ。

「行かないって言ったって、うちの学校は部活やめるわけ、いかないんだよ」

びっくりした一人が、ちょっと声を荒《あら》らげる。

「わかってます。でも、ぼくは行きません」

西口くんはきっぱり言って、理科室にどんどん入っていく。

「どうしたの?」

中にいた弓削《ゆげ》さんが振《ふ》り向《む》いて、ちょっとびっくりしている。

「あのね、西口くんはカエル見にきたんだけど、合唱部の人たちが……」

さっきの人たちは、中には入らず入口からこっちを見ている。

「あ、そうなんだ。別にいいんじゃない?　弾《ひ》きたくないものを、無理やり弾かせるわけにいかないもの」

弓削さんはあっさり言って、水替《みずか》えを始める。

「西口くんもやる?」

白い網《あみ》を渡《わた》した。

「いいかな、やってみて」

西口くんはうれしそうに受け取ると、オタマジャクシをすくいだした。

「うおお、金魚すくいみたいだ。てか、音符《おんぷ》だね」

タタ、タタタ、タンタタタ、と西口くんは口でリズムを取った。

ごそごそ言っていた合唱部の人たちは、あきらめたようで、いつの間にかいなくなった。しばらくすると音楽室では、ピアノが鳴りはじめ、発声練習が始まった。

「これが、サンショウウオなの?　へえ。初めて見た」

西口くんは、今度はサンショウウオをすくって、目の前に持ち上げる。

「まだ幼生《ようせい》なんだ。だから外エラ。ひらひらしてるでしょ。成体になると消えるんだって」

「ふうん、おもしろい」

しばらく水替《みずか》えをしていたが、終わっても石川さんは現《あらわ》れない。

もう来ないつもりなんだろうか。

西口くんが、合唱部に行かないみたいに。

三人で、トモちゃんが買ってくれた砂利《じゃり》を洗《あら》って、水槽《すいそう》の底に坂を作る。

今まで水の中にいたオタマジャクシを放す。

しばらくすると、尻尾《しっぽ》がまだあるが、足が四本ちゃんと生えたやつが、何匹《なんびき》か、のこのこと陸地の部分に上がってきた。

「すごい、歩いてるよ」

「ほんとだ。こいつら、歩けたんだ」

ちょっと感激《かんげき》だ。

「ねえ、コオロギやってみようよ」

西口くんが、待ちかねたように言う。

「これ、どうするの？　開けたら全部出ちゃうよ」

「こうやって、ちょっと指にのせたらいいんじゃない？」

弓削《ゆげ》さんがカップに指をつっこんで、数匹《すうひき》が指にのるのを待ってから、水槽《すいそう》の中にその指を突《つ》き立《た》てた。

コオロギは降《お》りていく。

でも、カエルになりかけのオタマジャクシは動かなかった。

「だめだね」

「まだ尻尾《しっぽ》があるからじゃない？　尻尾が消えるまでは食べなくても、尻尾の栄養で生きていけるんだって」

あいかわらず弓削さんは、ものをよく知っている。

「じゃあ、もうちょっとかな。それまでコオロギが生きてるかな」

そんなふうに言いながら、コオロギを戻《もど》してカップに蓋《ふた》をする。

「理科の時間にいたずらされないように、何か書いておいたほうがいいんじゃない？」

弓削さんが言う。

「いたずら？」

「そう。けっこう、ちょっかい出してるよ、うちのクラスの男子。この前、水槽に手つっこんで、かきまぜてたし」

そう言われると心配だ。

せっかく買ったコオロギだし、逃《に》がされても困《こま》る。

――生物部のものです。蓋《ふた》をはずさないでください
紙に書いて水槽《すいそう》の下に敷《し》く。

「こっちにも蓋しておこう。ひょっとしてはねて逃げちゃうかもしれないから」

トモちゃんが買ってくれた網《あみ》を、オタマジャクシの水槽にかけた。

「生物部さんたち、もう終わったかな？」

声がして、トモちゃんが入ってきた。

「あれ？　元気のいいあの子、まだ休み？」

「石川さんは、生き餌《いきえ》がいやだって、来ないんです」

弓削《ゆげ》さんが、はっきり言う。

「ああ、そうか……生き餌……買ったのね。ペットショップから連絡《れんらく》があった」

「はい。コオロギです」

私《わたし》がカップを持ってトモちゃんの目の前にかざすと、トモちゃんはいやそうな顔をした。

「うんうん。あたしに、見せないでいいから。で、西口くんも生物部だっけ？」

「違《ちが》います。合唱部です。でも、合唱部には行きたくないそうです」

また弓削さんははっきり言ってから、トモちゃんを見て続けた。

「先生。部活をやめたり替《か》えたりできないと、困《こま》る人がいると思うんです。なんとかなりませんか?」

トモちゃんは今度はうなずいた。

「そうだよね。わかる。でもそれは学校の決まりだし、合唱部に口を出すわけにいかない……でも、実際《じっさい》、生物部さんは顧問《こもん》がいなくなっちゃって、みんな困ってるわけだよね……職員《しょくいん》会議でがんばって、言ってみようかな」

「はいっ。お願いします」

弓削《ゆげ》さんが頭を下げたので、私《わたし》も下げた。

たしかに、石川さんはもう来ないって言ってるし。

もし部活を替わってもいいということになったら、私も替わるかも。


そうこうしているうちに、オタマジャクシは、みんな小さなカエルになった。

西口くんは、なぜか毎日、第二理科室に来て、水替えをしていく。

「あんまり早く帰ると、おかあさんが部活はどうしたの、って言うんだ。コンクールとかで、どうしてもしかたない場合以外は、学校のことは、みんなと同じにちゃんとやりなさいっていうのがうちの方針《ほうしん》で」

時間つぶしってことか。

「合唱部の先生に叱《しか》られない？」

「だいじょうぶ。この前、話があるって音楽準備室《じゅんびしつ》に呼《よ》ばれたけど、もう合唱部には出ないいんですと言ったら、幽霊《ゆうれい》部員ならそれはそれでしかたないよね、って言ってた。不登校よりはましだって、思ったんじゃない？」

「幽霊部員？」

「そう。部員だけど、姿《すがた》が見えないから、幽霊ってこと」

「じゃ、西口くんは、生物部では姿が見えるけど生きてないから、ゾンビ部員か」

弓削《ゆげ》さんが言うので、何かおかしくて、三人で笑った。

砂利《じゃり》の上には、親指の先ぐらいの大きさの黒いカエルが、ひしめきあっている。四《よん》十匹《じっぴき》はいる。

「これって、鳴かないのかな、『カエルの歌が聞こえてくるよ』って言うじゃない」

私《わたし》が一節だけ歌うと、西口くんが、眉《まゆ》をひそめた。

「里山さん、それ、今、途中《とちゅう》で転調したよ」

「そう？」

「そう。『聞こえて』の『き』のところで半音下がった。最初から調が違《ちが》うのはいいけど、途中で変えちゃまずい」

ふうん。

鼻歌なんだから、どうだっていいじゃないの。

そういうこと言う?

ちゃんと歌ったのに、どうせ私《わたし》はオンチですよ、と思う。

うざいっていえばうざい。合唱部でもそう思われていたんじゃないのか。ピアノを弾《ひ》いてくれるのは便利だけど、だまっててよと。

——自分の中に、強くて譲《ゆず》れない部分があると、どうしても、人とうまくやっていけないいんだよね
という弓削《ゆげ》さんの言葉を思い出した。その弓削さんは、水槽《すいそう》をのぞきこんでいる。

「コオロギ、いつの間にか、なくなってるね」

毎日少しずつ、コオロギを入れているのだが、食べているところは見たことがない。でもいつの間にかコオロギは消えてしまっている。

「食ってるとこ、見たいのになあ」

西口くんが言った。

「そろそろ、サンショウウオも上陸しそうじゃない?」

見ると、卵《たまご》からふ化した十匹《じっぴき》ぜんぶに四本足が出て、達者に泳いでいる。

「陸、作る?」

サンショウウオのほうも砂利《じゃり》を洗《あら》って水槽に入れ、ななめにならしてから帰った。

九　大脱走《だいだっそう》

次の日だった。

理科の授業《じゅぎょう》の時間に、第二理科室に行った。

真っ先に窓際《まどぎわ》の棚《たな》の上の水槽《すいそう》を見にいく。昨日陸を作ったばかりなので、サンショウウオが上がってくれているかどうかが、気になる。

「わ、上がってる」

思わず声が出る。

一匹《いっぴき》が、砂利《じゃり》の上にはい出ていた。

顔は前と同じだが、もうひらひらしたエラはない。水気のある焦《こ》げ茶色《ちゃいろ》の皮膚《ひふ》が光っている。長い尻尾《しっぽ》に四本の足。

カナヘビと同じ形だが、もちろんこっちのほうが絶対《ぜったい》かわいいと思う。

なにより、ここで生まれたのだ。

うちの子だ。

カエルはどうかと、隣《となり》の水槽《すいそう》を見たとたん、思わず声が出た。

「え、どうして!」

一匹《いっぴき》もいない。コオロギだけじゃない。カエルもいない。

からっぽだ。

水の中にも、砂利《じゃり》の上にも。

どうしたんだろう。四十匹ほどもいたというのに。

ふと気づくと、網《あみ》がない。

昨日、水槽の上にかけて帰ったはずなのに。

「ぎゃああ!」

教室の後ろのほうで、大きな叫《さけ》び声《ごえ》が上がった。

「カエル! カエル! 椅子《いす》の上に」

「ぎゃ、こっちも。うっかり座《すわ》るところだった」

「わあ、ふみつぶす」

「きも!」

「先生、先生」

ちょうど入ってきた講師《こうし》の先生に、みんなが駆《か》け寄《よ》る。

「どうしたの?」

「カ、カエルだらけなんです。教室中、あっちもこっちも」

指さす子の先には、床《ゆか》に点、点と黒いものが落ちていて、その一つがぴょんとはねた。

「きゃああ。どうして？　どこから入ったの！」

講師《こうし》の先生が叫《さけ》んだ。

あ、これ、入ったんじゃなくて、逃《に》げだしたんです、と言おうと思ったとたん、先生が両手を上げて大きく振《ふ》った。

「早く。早く荷物を持って、全員、すぐに、外に出なさい」

きゃああ、ばたばたと大騒《おおさわ》ぎになった。

「だれか、お願い。窓閉《まどし》めて」

先生はなおも叫ぶ。

みんな、教科書やノートを持って、廊下《ろうか》にあわてて出た。

カエルが気になるが、しかたないので私《わたし》も出る。

「ねえねえ、昨日帰るとき、カエルの水槽《すいそう》に、ちゃんと網《あみ》かけたよね」

私は西口くんに駆《か》け寄《よ》って、聞いた。

「うん。かけた。まちがいないよ。きっと、だれかがいたずらして外したんだ」

「つかまえなきゃ。水槽に戻《もど》さなきゃ」

「うん」

しかし、先生は、全員外に出たね、と叫《さけ》びながら、ドアに鍵《かぎ》をかけてしまっていた。

「先生！　あれ、生物部のカエルなんです。水槽《すいそう》で飼《か》ってたんだけど、だれかが逃《に》がしてしまって。すぐにぜんぶつかまえますから」

私《わたし》は先生の前に行って訴《うった》えたが、先生はパニックでほとんど聞いていないようだった。

「教室に戻《もど》って。今日は教室で授業《じゅぎょう》するから」

「先生。あれは、生物部の……」

西口くんもいっしょに言ってくれたが、先生は私たちに目もくれない。

「部活のことは顧問《こもん》に言って。私にはどうしようもない。それに、とにかく今は授業しなけりゃ。早く、教室に戻って」

結局、その時間は普通《ふつう》教室で授業があった。

次の休み時間を待ちかねて、私は教室を飛びだした。西口くんもだ。

「トモちゃんに言わなきゃ」

「ぼくは、弓削《ゆげ》さん呼《よ》んでくる」

廊下《ろうか》を走ってはいけないと知っているが、こういうとき、走らないでいられる人がいるだろうか？

トモちゃんは、いつもは第一理科室の準備室《じゅんびしつ》にいる。

だが、ノックをしても返事はなく、開けてみようとしても鍵《かぎ》がかかっていて、中は暗かった。第一理科室も鍵が閉《し》まっている。

しかたがないので、そのまま職員室《しょくいんしつ》に走る。

「あの、トモちゃん、じゃなかった、友田先生いらっしゃいますか？」

入口で顔だけつっこんで聞く。

「あ、今日は友田先生、出張《しゅっちょう》だよ」

「いつまでなんですか？」

「たしか、あさって戻《もど》ってくるんだっけな。どうしたの？」

聞かれたところで、チャイムが鳴った。

あわてててまた教室に戻る。

途中《とちゅう》、廊下《ろうか》で西口くんと、弓削《ゆげ》さんといっしょになる。

「トモちゃん、出張なの？」

「そう。だからあさっての朝までは、鍵開けてもらえない」

こんなとき、トモちゃんがいないなんて。あさってなんて。カエルは死んじゃう。

「どうする？」

「また放課後、集まって考えよう」

そうするより、しかたなかった。


放課後を待ちかねて、また西口くんといっしょに走って第二理科室の前に行くと、弓削《ゆげ》さんはもう来ていた。

だが、もう一人の姿《すがた》がある。

「石川さん！　来てくれたの？」

思わず大きな声が出た。

石川さんは、ちょっと肩《かた》をすくめた。

「騒動《そうどう》があったって聞いたから。カエルつかまえるなら、人手があったほうがいいと思って。自分で水槽《すいそう》に戻《もど》るとは思えないし、ほっといたら、ひからびちゃうし」

石川さんは、それから西口くんをちょっと見た。

「どうして、西口くんがここに？」

「ゾンビ部員なの、幽霊《ゆうれい》の反対」

弓削さんが笑ったが、石川さんはくすりともしなかった。来たのは来たけれど、弓削さんと仲良くする気は、これっぽっちもないらしい。

だが弓削さんは平気だ。

「とにかく第二理科室を開けてもらわなきゃ。トモちゃんいないなら、他の先生に頼《たの》むしかないよね」

「他って、だれ？　理科の先生は他にいないよ」

「じゃあ、校長」

「ええっ！」

弓削《ゆげ》さんの言葉に、また大きな声が出る。

校長は、毎週月曜の朝礼で話をするから顔は知っている。いつも、やたらカタカナの言葉を使って難《むずか》しい話をする白髪《しらが》の男の人だ。この学校は大学につながっているので、校長は大学の教授《きようじゆ》がなると決まっているのだ、とミッちゃんが言っていた。たしかに、中学の先生とは違《ちが》った雰囲気《ふんいき》だ。今まで話したことなどないし、そもそも校長室に行くのは、勇気がいる。

しかし今度は、なぜか石川さんが、熱心にうなずいていた。

「いいね。行こう。トモちゃんはてんであてにならないし、もう、こうなったら、直談判《じかだんぱん》だよ」

校長室は、管理棟《かんりとう》の一階にある。この棟は校舎《こうしや》の中で一番古い。なんでも創立《そうりつ》以来の建物らしい。

知ってはいたが、行ったことがなかった。しんとした薄暗《うすぐら》い廊下《ろうか》を進む。ゾンビ部員の西口くんも当然のように、ついてくる。

応接室《おうせつしつ》、会議室、相談室など白ペンキで書かれた黒い木札を見上げながら歩く。少しどきどきした。校長室、という札を見ると、さらに心配になってくる。

「トモちゃんとばして、校長先生に話すなんて、そんなことして、いいのかな。叱《しか》られないかな。私《わたし》たちもトモちゃんも」

「いないから行くんだし、急ぐんだし。だいじょうぶだよ」

石川さんの言葉に、今度は弓削《ゆげ》さんがうんうんとうなずいている。

校長室のドアを、トントンと、ノックする。

「はい、どうぞ」

低い声がした。

「失礼します」

弓削さんはさっとノブを回してドアを開いた。

校長先生は、本棚《ほんだな》の前に立っていたが、こっちを振《ふ》り向《む》いてちょっとびっくりしたようだった。

「もちろん、私はいつでも生徒に来てほしいけれど……何の用？」

「私たち、生物部なんです。カエルが脱走《だっそう》して。私たちはちゃんと網《あみ》をかけてあったのに。それで、第二理科室に鍵《かぎ》をかけられてしまったので、カエルを救出《きゅうしゅつ》したいんです」

弓削《ゆげ》さんの言葉は、わかりやすい。

「カエルの話は聞いています。先生に言って……」

「友田先生は、今日は出張《しゅっちょう》でいないんです。あさってまで学校に来ないんです。待ってたらカエルがひからびちゃうんです」

石川さんが訴《うった》えると、校長先生はびっくりした顔をした。

「じゃあ、私《わたし》から事務室《じむしつ》に連絡《れんらく》しますから、鍵をもらって開けてください。帰りに事務室に声をかけて返してくれればいいですから」

校長先生はすぐにインターホンを取って、事務室に連絡してくれる。

よかったね、ほっとしたね、と顔を見合わせて、ありがとうございました、と頭を下げた。

校長室を出ようとしたそのときだ。弓削さんが口を開いた。

「校長先生。友田先生が、部活をやめたり替《か》わったりできるように、職員《しょくいん》会議で言ってくださると聞いたんですが、いったいどうなっているんでしょうか？　私たち生物部には、顧問《こもん》がいないんです。本来の活動ができていないんです」

わ、これはカエルとは関係ないけれど……。こんなこと言っちゃっていいのか？

「つまり君たちは、生物部がいらないと思っているということ？」

校長先生はちょっとびっくりしたような顔をした。

「仮《かり》の顧問《こもん》の友田先生は生物のことよく知らないし、実験しなくなったし、結局、カエルとサンショウウオの世話をしてるだけですから。私《わたし》たち飼育係《しいくがかり》じゃありません」

弓削《ゆげ》さんの言葉に、石川さんがまた口をへの字に曲げて、いやそうな顔をした。

せっかく仲なおりしそうな感じだったのに。弓削さんは、根は親切でいい人なんだから、こういうこと、言わなきゃいいのに。

「君は、実験がしたいの？」

「はい。カエルの解剖《かいぼう》もしたいし、卵《たまご》の実験の続きもしたいんです。でも、他の人はそうは思っていないかもしれないですが」

「他の人？　じゃあ、君は？」

校長先生は、私を見る。

私？

そういえば私は、どう思っているんだろう。

顧問がいなかったら、替《か》われるものなら、替わりたいなとは思ったけれど。

実験がしたいのかどうなのか、などとは考えたことがなかった。

「私は……解剖はいやだけれど、弓削さんがやりたいのなら、やらせてあげたいです。

それが、科学のためになるかどうか、わからないけど、弓削《ゆげ》さんのためにはなると思います」

　ふうん、と校長先生は天井《てんじょう》を見てから、石川さんに目をやった。

「君は？」

「あたしは、残酷《ざんこく》なことはきらいです。飼育係《しいくがかり》でもなんでも、好きなように言ってもらってかまいませんが、生きているものは、見捨《みす》てられません」

　ふうん、と校長先生は今度は西口くんを見て、君は、と聞いた。

「あ、ぼくは、ゾンビ部員で……合唱部がいやで来てるだけで……居場所《いばしょ》が欲《ほ》しくて」

　ふうん、と校長先生は、腕組《うでぐ》みをした。

　しばらくの沈黙《ちんもく》がある。

「友田先生は前に、みんなで相談してって言ってたんですが……いろいろあって、まとまらなくて」

　私《わたし》が言《い》い訳《わけ》のようにもごもご言うと、校長先生は、腕を組んだまま、首をかしげた。

「まあ友田先生が正しいんだろうが、こういうことは話しあってもしかたないと、私は思うけどね。だって、人間は、そもそも、みんなそれぞれが違《ちが》う感覚で世界を見て、生きているんだしね。その点では、いつまでたっても平行線ってことだ……」

「部活を替《か》わってもいいことにしてくれたら……」

私《わたし》は言った。

「ああ、それも一つの方法かもしれないけれど、君たちの気持ちはすっきりするかな？　制度《せいど》をいじることは、悪いことではないが、制度を変えても、また別の問題が起きてくるんじゃないのかなと、私などはひねくれているのか、いつも思ってしまう。まあ、いずれにしても学園全体の方針《ほうしん》もあるから、私だけでは決められない……とりあえず、カエル救出《きゅうしゅつ》に行きなさい」


鍵《かぎ》を開けてもらって第二理科室に入ると、まず、電気をつけた。

「カエルはどこにいるかわからないから、気をつけて」

「踏《ふ》まないようにしよう」

お互《たが》い、声をかけあう。

「どうやってつかまえる？」

「いつも水替《みずか》えに使ってる網《あみ》持って追いかけるしかないよ。網が三つだから、一人は水槽係《すいそうがかり》。カエルが入ったらすぐ蓋《ふた》をする」

「ぼく、網がいいな。こういうこと、いっぺん、してみたかったんだ。カエル捕《と》り」

西口くんが、真っ先に白い網を手に取った。あとは、石川さんと私が、網を手にし

て、弓削《ゆげ》さんは、水槽《すいそう》の水を抜《ぬ》いてかかえ、蓋《ふた》の網《あみ》を持ってスタンバイする。

しかし、授業《じゅぎょう》のときはけっこう床《ゆか》にいたのに、今はどこに行ったか、てんで姿《すがた》が見えない。

「暗いところ、しめっぽいところにいるはずだよ」

石川さんが言って、机《つくえ》の横にある流しを、一つずつのぞいて歩く。

「ほら、いた！」

駆《か》けつけると、流しの排水口《はいすいこう》に、一匹《いっぴき》がちんまりと座《すわ》っている。

「どうやって捕《と》るの？」

「網をかぶせて、そっとおしりをつついて、はねさせる」

石川さんは器用に、一匹をつかまえた。

「すごい！　ぼくもやってみよう。あ、ここに二匹いたよ」

十匹ほどが、水槽に戻《もど》った。乾《かわ》いていたのか、すぐに水に飛《と》びこんで、勢《いきお》いよく泳ぎはじめる。

だが、それは元の四分の一ぐらいで、あとは見つからない。

椅子《いす》をどけてみたり、机の下にもぐってみたりしたが、いなかった。

「どこに行ったのかな」

「最初窓《まど》が開いてたから、テラスかも」

テラスに出て、側溝《そっこう》をたどる。

排水口《はいすいこう》にステンレスの網《あみ》がかかっていた。

網のスリットは細くて、カエルが入りそうにないと思ったのに、外してみると、中に二匹《にひき》が並《なら》んでいた。

でもそれだけで、他は見つからなかった。

「みんな、逃《に》げちゃったんだね。ひからびてなかっただけ、ましか。

私《わたし》は言ったが、この近くでつかまえたカエルじゃないのに、逃がしてしまったことになる。それはいけないことのはずだった。

弓削《ゆげ》さんがいつものように、鋭《するど》くそのことを指摘《してき》するかなと思ったが、意外なことに、弓削さんは、ちょっと肩《かた》をすくめて、ふっとため息をついただけだった。

「カエルたち、これから、生きていけるのかな。だって、このあたりって、卵《たまご》のあった場所じゃないでしょ」

石川さんが言ったので、私はちょっと驚《おどろ》いた。前は逃がしたらいいのに、って言ってたのに。意見変わったんだ。

「心配？」

「うん。敵《てき》だっているしね」

石川さんはそう言うと、下を向いて唇《くちびる》をかんだ。

二日後、トモちゃんは、出張《しゅっちょう》から戻《もど》ってきて、この話を聞いたらしい。生物部さんたち大変だったね、とねぎらってくれた。

「それでも、あたし、いなくてラッキーだった。カエルなんて、とってもさわれないもん」

なんて言った。

トモちゃんらしい。

石川さんは、あのけんかがなかったかのように、水替《みずか》えに来るようになった。

サンショウウオは、みんな上陸してきた。

だんだん水温が上がってきたので、トモちゃんに頼《たの》んで、準備室《じゅんびしつ》にある冷蔵庫《れいぞうこ》の氷を使わせてもらうことにした。

「やっぱ、氷入れると、気持ちよさそうな顔しない？」

石川さんが言った。

まあそうも見えたけど、いつもの顔だなと私は思った。でも、かわいい。成体になっても。


もうすぐ夏休みだというころになって、トモちゃんが水替えの最中にやってきた。

「生物部さんたち、話があるの。職員会議《しょくいんかいぎ》で、全員がどこかの部に所属《しょぞく》するということは、学園全体の方針《ほうしん》としてしかたないとしても、部活を替《か》えられないということは、問題ではないか、ということが話しあわれたの」

校長先生が言ってくれたのかもしれなかった。

「それで、やっぱり入ってみたけど合わない場合もあるでしょう、ということになって。新年度、学年が変わるときにだけ、希望すれば替わっていいことにしよう、ということになった」

へえ、と思わず声が出る。

西口くんが、ほっと息をついたのが見えた。

「それから、生物部の活動は、今年度は顧問《こもん》がいなくなったから休止にして、来年四月までは、あたしが生物部員を引率《いんそつ》して週一回、高校のほうの生物部に通うことになった。他にも、ときどき高校といっしょに練習している部活もあるからね。テニス部とか」

そういうことか。

「四月からは？」

「もし生物部員が一人でも残れば、そして四月から顧問になってくださる先生がいなかったら、ずっとそうなるかな」

「解剖《かいぼう》はどうなるんですか？」

弓削《ゆげ》さんが聞く。

「文化祭のやつ？　こっちではしない。高校の生物部ならやるかも」

それなら弓削《ゆげ》さんは解剖《かいぼう》できるかも。

「休止なら、この子たちはどうなるんですか？」

石川さんが聞いた。

「カエルとサンショウウオ？　このあたりに放したら？」

「それはだめなんです」

石川さんが大きな声で言ったから、私《わたし》はまたちょっとびっくりした。

「どうして？」

「自分のいる環境《かんきょう》じゃないところに、逃《に》がしたらいけないんです」

「そうなの？」

トモちゃんはちょっと首をかしげてから、いいことを思いついたというように、ぱちんと手を打った。

「じゃあ、欲《ほ》しい人にあげて飼《か》ってもらうのはどう？　逃がさないでずっと飼ってくださいって約束で。あたしも授業《じゅぎょう》でだれかいないか、聞いてみるよ」

しばらくの沈黙《ちんもく》があった。

たしかにそれはいいかもしれない。

でも……。

それでいいのかという気がする。

——君たちの気持ちはすっきりするかな？

という校長先生の声が耳によみがえった。

「いや……それじゃ……だめです」

と、ゆっくり口を開いたのは、弓削《ゆげ》さんだった。

「私《わたし》、来ます。鍵《かぎ》さえ開けてもらえるなら、毎日来ます。夏休みも」

飼育係《しいくがかり》じゃないとかって言ってたくせに。実験が大事とか言ってたくせに。どうしてこんなことを？

そのときだ。

「あたしも！」

石川さんが手を上げて、大きな声で言った。

「この子たちのめんどうを見なきゃ。あたしたちの子ですから、責任《せきにん》あります」

びっくりだ。石川さんは弓削さんがきらいなんじゃなかったのか？

「ぼくも……来るよ。なんかカエルのこと好きになったから」

西口くんが言った。

そういうこと？

むちゃくちゃ意外な展開《てんかい》になってきた。

すべてがうまくいきそうだというのに、こういうことを言うのは、ひょっとしてみんな、結局このメンバーでいっしょにいたいということ？

きっとそうだ。

これだけごたごたがあったのに、私《わたし》もなぜか別れたくない。人って不思議だ。

「私も……来ます」

私も言った。

「そうなの？」

トモちゃんは、びっくりして私たちの顔を見まわしていた。

「じゃあ、みんながそんなに言うなら、あたしが来られないときはだれかに頼《たの》んであげる。順番に当番で来る？」

「いえ、いっしょに来ます。毎日」

弓削《ゆげ》さんが言った。


そんなわけで、結局私たちは、夏休みの間、毎日第二理科室に通っている。

そして、きゃっきゃと言いながら、水替《みずか》えをしている。

カエルはときどき、ほおをふくらませて鳴くようになった。小さな風船ガムみたいなのが、二つ、出たり引っこんだりしている。

ケロケロというより、グゲゲゲというか、そんな声だ。

「サンショウウオは鳴かないのかな」

「調べたら、鳴かないみたいだよ」

弓削《ゆげ》さんが言った。

「そうだよね、『サンショウウオの歌が聞こえてくるよ』、なんて歌、ないもんね」

石川さんが、「カエルの歌が聞こえてくるよ」の節で替《か》え歌を歌いながら、冗談《じょうだん》を言った。

西口くんが、ふくれっつらをして、

「どうしてみんな、そこ、調を変えるんだよう。気持ち悪いじゃないか」

と言った。こっちにはわからないが、石川さんは、この前の私《わたし》と同じところを歌いまちがったらしい。そんなことは普通《ふつう》の人は気づかない。でも、西口くんは、いちいち指摘《してき》せずにはいられない。

人は、そんなに変わるもんじゃない。

校長先生の言ったように、それぞれが違《ちが》う感覚で世界を見て生きているんだし。

でも、寄《よ》りそっていくことは、できるのかもしれない。

その日、帰りがけに、駅から家への道を歩いていると、向こうからやってくる姉と、ばったり会った。

「あかね、今、部活の帰り？」

姉は立ちどまって聞く。

「うん。おねえちゃんは塾《じゅく》？」

姉は下を向いた。

「私《わたし》だめだ。あかねはいいな、だれとでも仲良くなれて」

姉はそんなことを言う。

いつもなら、遊んでてうらやましいって言いたいんでしょ、と腹《はら》が立つところだ。が、なぜか今日は、姉は、学校だけじゃなくて、塾でも友だちができないで困《こま》っているのかもしれないな、とふと思った。

「そんなことないよ。私もいろいろあるよ……」

「そうかな。あかねは、うまくやってるみたいに見えるけど。私は、コミュショーだし」

「おねえちゃんの中には、きっと、人に譲《ゆず》れない何かがあるんでしょ。それは悪いことじゃないと思うよ」

私《わたし》も今まで姉には言ったことのなかったようなことを、言っていた。

「そう？」

「うん。でも、それをバンって出すばっかりがいいわけじゃないかもって、ときどき考えてみたらいいんじゃない？　人はみんな違《ちが》う感覚で世界を見て生きてるんだもん。隅《すみ》から隅までいっしょの考えになるってことはないんだし。会話はサーフィン。気楽にやったらいいよ」

「そうかな」

怒《おこ》るか、と思ったのに、姉はすなおにうなずいた。

「うん。そうだよ。考えが違う人でも、いっしょの場所にいることは、悪いことじゃないと思うよ」

「じゃ、いっぺんやってみるか」

姉は、にこっと笑って、ちょっと早足になって、駅のほうに向かっていった。

それから振《ふ》り向《む》いて、

「ありがとね、あかね」

と言った。

うんとうなずいて、手を振った。

森川成美（もりかわしげみ）
大分県生まれ。東京大学法学部卒業。第18回小川未明文学賞優秀賞受賞。『マレスケの虹』（小峰書店）で第43回日本児童文芸家協会賞受賞。著書に『かわらばん屋の娘』『はなの街オペラ』（くもん出版）、「アサギをよぶ声」シリーズ（偕成社）、『てつほうの鳴る浜』（小学館）、『恋愛相談「好き」だけじゃやっていけません』（静山社）他多数。全国児童文学同人誌連絡会「季節風」同人。

森川　泉（もりかわいずみ）
会社員を経て、フリーのイラストレーターとなる。おもな挿絵の作品に『白瑠璃の輝き』『夏の猫』『トップ・ラン』(国土社)、『ビブリオバトルへようこそ」（あかね書房）、『ピッチの王様』（ほるぷ出版）、『戦国城』（集英社）、『満員御霊！ ゆうれい塾』（ポプラ社）などがある。

こんな部活《ぶかつ》あります
サンショウウオの歌《うた》が聞《き》こえてくるよ――生物部《せいぶつぶ》

2025年３月30日　初　版　　　NDC913 174P 20cm

作　者　森川成美
画　家　森川　泉
発行者　角田真己
発行所　株式会社新日本出版社
〒151-0051　東京都渋谷区千駄ヶ谷4-25-6
営業03(3423)8402
編集03(3423)9323
info@shinnihon-net.co.jp
www.shinnihon-net.co.jp
振替　00130-0-13681
印刷・製本　光陽メディア

落丁・乱丁がありましたらおとりかえいたします。

JASRAC 出 2501089-501
ISBN978-4-406-06874-1　C8393　Printed in Japan

こんな部活あります

◉定価：本体各 1500 円＋税

ココロの花
華道部＆サッカー部

八束澄子 作　あわい 絵

華道部の風花とサッカー部の壮太。静と動――

部活も性格も正反対にみえる二人。対外試合当日、壮太は応援席に風花の姿を見つけた。

あしたをみがけ
姫川中学校みがき部

横沢 彰 作　佐藤真紀子 絵

教室に居場所がないと感じ、一人ぼっちの自分を恥じていた灯可理（ひかり）は、ひたすら石を磨くみがき部で大切な仲間と出会う。

正射必中！ 弓道部

斎藤貴男 作
おとないちあき 絵

野球部でエース候補のオレが何で弓道部へ？

ナメてかかっていたけど、仲間に出会い、弓道の深さを知って自分の中で何かが変わった！